यानोश बहादुर

यानोश बहादुर

शान्दोर पैतोफ़ी

मूल हंगारी से अनुवाद एवं सम्पादन

गिरधर राठी
मारिया नेज्यैशी
मारगित कोवैश

राजकमल प्रकाशन

Petőfi Kulturális Ügynökség   Liszt Institute Hungarian Cultural Centre Delhi

"Jelen mű kiadása a Petőfi Literary Fund magyar irodalmat népszerűsítő célkitűzése szerinti együttműködés keretén belül valósult meg."

"The publication of this work was carried out within the framework of the cooperation according to the objective of the Petőfi Literary Fund promoting Hungarian literature."

"पैतोफ़ी साहित्य निधि" का लक्ष्य हंगारी साहित्य का प्रचार-प्रसार करना है; उसी के अनुरूप निर्धारित मानदंडों के अंतर्गत इस कृति का प्रकाशन किया गया है।

ISBN : 978-93-95737-21-0

मूल्य : ₹995

पहला संस्करण : 2023

प्रकाशक : राजकमल प्रकाशन प्रा.लि.
1-बी, नेताजी सुभाष मार्ग, दरियागंज
नई दिल्ली-110 002

शाखाएँ : अशोक राजपथ, साइंस कॉलेज के सामने, पटना-800 006
पहली मंजिल, दरबारी बिल्डिंग, महात्मा गांधी मार्ग, प्रयागराज-211 001

वेबसाइट : www.rajkamalprakashan.com
ई-मेल : info@rajkamalprakashan.com

मुद्रक : बी.के. ऑफसेट
नवीन शाहदरा, दिल्ली-110 032

आवरण एवं अन्य चित्र : नरेन्द्र पाल सिंह (काग़ज़ पर जलरंग)

YANOSH BAHADUR
by Sándor Petőfi
Hungarian tale in verse
Translated and Edited by Girdhar Rathi, Mária Négyesi and Margit Köves

बचपन से साथ यानोश बहादुर

इस साल जनवरी में जब मुझसे पूछा गया था क्या आप पैतोफ़ी की रचना *यानोश बहादुर* का हिन्दी अनुवाद करने के लिए तैयार हैं तो मेरा मन ख़ुशी और डर के बीच भटकने लगा। ख़ुशी इस बात की कि *यानोश बहादुर* मेरी बहुत प्रिय कविता है, डर इस कारण कि मैं यह काम करने योग्य हूँ या नहीं? फिर मैंने सोचा कोशिश तो करनी ही है, फिर देखा जाएगा। पहला छंद पढ़ने के बाद लगने लगा कि यह काम चुनौतीपूर्ण तो है पर आनन्द का भी स्रोत होगा।

यानोश बहादुर मेरे जीवन में विशेष स्थान रखता है। साहित्य से मेरी पहली मुलाक़ात तब हुई थी जब मेरे नाना जी की बड़ी बहन, सफ़ेद बालों वाली, दुबली-सी बूढ़ी औरत किसी शाम को किताबों की बड़ी अलमारी के सामने हाथ में एक हरी-सी मोटी किताब लिए छंद सुनाने लगीं—

चिलचिलाती गर्मियों की सूरज की किरण
चिलकती है ऊपर से छुटके चरवाहे पर
गोकि बेकार है दहकाना धूप का
चरवाहा खुद है गर्मी से बेज़ार।

उस समय मुझे पढ़ना-लिखना भी नहीं आता था, शायद 5-6 साल की थी। पर कविता की लय ने, दरिया के किनारे वाले उस पहले दृश्य ने मुझे एकदम पकड़ लिया। मेरी नज़र किताब के पन्ने में एक रेखा-चित्र पर पड़ी, उसमें एक लड़की पानी में खड़ी हुई मेरी तरफ़ देख रही थी—इलुश्का। इसके बाद मैं *यानोश बहादुर* की कहानी सुनने की ज़िद्द करती थी। नतीजा यह हुआ कि कविता के

कुछ प्रारम्भिक छंद कंठस्थ हो गए। ऐसा लगता है कि भारत के बच्चे इसी तरह रामकथा से परिचित हो जाते हैं। ऐसे क़िस्से-कहानियाँ, कथाएँ, कविताएँ स्वाभाविक रूप से जीवन के हिस्से बनकर मेरी पहचान का भी अंग बन गए हैं।

प्रारम्भिक और माध्यमिक स्कूल में भी पैतोफ़ी की रचनाएँ पढ़ाई जाती थीं (अब भी पढ़ाई जाती हैं) और मैं *यानोश बहादुर* के अलावा उनकी बहुत-सी अन्य कविताएँ भी पढ़ चुकी थी। मैं उसी पुरानी, हरे आवरण वाली पुस्तक को पलटती थी जिसके पीले-भूरे पहले पन्ने से पता चला कि वह पुस्तक मेरी मौसी को सन् 1935 में इनाम के रूप में दी गई थी!

स्कूल के दिनों का एक गृहकार्य आज तक याद है : कॉपी में नक़्शा बनाना था जिसमें *यानोश बहादुर* की पूरी यात्रा ठीक उस रूप में दिखाई जाए, जैसे कविता में लिखी गई है। इस काल्पनिक नक़्शे में भारत और फ्रांस पड़ोसी देश हैं। शायद मैंने उस वक़्त ज़िन्दगी में पहली बार भारत का नक़्शा काग़ज़ पर उतारा था।

मैं बड़े शहर बुदॉपैश्त की बेटी थी, पर बचपन में मैं गर्मियों की छुट्टियाँ हमेशा अपने पुश्तैनी गाँव में बिताती थी जो महान हंगेरियन तराई (या मैदान) में स्थित है। उस गाँव का पहला उल्लेख 13वीं शताब्दी में किया गया था और 1995 में उसे शहर का दर्जा मिला था। यह गाँव पूरब से आए हुए कुन जाति के लोगों का गाँव था। पैतोफ़ी के पिता सपरिवार लगभग 20 साल यहाँ रहते रहे और कुछ लोगों का कहना है कि पैतोफ़ी का जन्म यहीं हुआ था। हमारे रिश्तेदारों का घर गाँव से लगभग छह कि.मी. दूर था, जहाँ सिर्फ तीन घर थे। चारों ओर खेत ही खेत और अंगूर की बगिया थीं। आँगन में एक बड़ा छायादार पेड़ खड़ा था जिसकी शाखाओं के बीच मेरा अड्डा बना था। मैं सुबह उस पर चढ़ने के बाद सिर्फ़ खाने के लिए नीचे आया करती थी। वहाँ नल का पानी नहीं, कुँए का पानी मिलता था।

तराई में रहने के कारण पैतोफ़ी की कविताएँ मेरे लिए स्कूल में केवल शिक्षा की सामग्री नहीं रहीं बल्कि उनमें अपनी परिचित दुनिया सामने आई जिसमें मेरी आत्मा की बातें अभिव्यक्त होती थीं।

बचपन के दिनों में *यानोश बहादुर* से बुदॉपैश्त में भी मुलाक़ात होती रहती थी। माँ-बाप मुझे समय-समय पर शहर के लोकप्रिय मनोरंजन पार्क ले जाते थे। वहाँ अन्य तरह के चमत्कारों में एक छोटी-सी रेलगाड़ी भी थी, जो 'गुफागाड़ी' कहलाती थी। उसके अन्दर चलती हुई, सुन्दर, बड़ी झाँकियाँ थीं, छोटी-सी ड्रैगननुमा गाड़ियों में बैठकर जब हम चलने लगते, तब *यानोश बहादुर* की कहानी दर्शायी जाती थी—हाथ में लाठी हिलाती दुष्ट सौतेली माँ, सुनहरे बालों वाली इलुश्का तथा बाँसुरी बजाने वाला यॉन्ची इत्यादि।

मुझे पैतोफ़ी की रचना, *यानोश बहादुर* का अनुवाद करने के लिए दो व्यक्तियों से लगातार मित्रतापूर्ण प्रेरणा भी मिलती रही। एक ओर प्रसिद्ध कवि, गिरधर राठी जी से जिनका हंगेरियन साहित्य से गहरा सम्बन्ध है और जो हंगेरियन कवियों की बहुत सारी कविताओं का अनुवाद कर चुके हैं। दूसरी ओर मेरी पुरानी सहेली, मारगित कोवैश से जो दिल्ली विश्वविद्यालय में हंगेरियन भाषा, साहित्य, संस्कृति दशकों से पढ़ाती रही हैं। मेरा अनुवाद सीमित, शाब्दिक अनुवाद था, साहित्यिक बिलकुल नहीं। मारगित हमें कविता-छंदों की साहित्यिक विशेषताएँ बतलाती चलती थीं, जिससे अनुवाद का काम सरस हो उठा। मेरा उद्देश्य इतना ही था कि मैं गिरधर जी के लिए कच्चा पर सटीक अनुवाद प्रदान करूँ जिसके आधार पर वे कविता रूपी पक्का अनुवाद कर सकें। इन दोनों के साथ काम करना मेरे लिए विशेष सम्मान की बात है।

—मारिया नेज्यैशी

हंगारी जीवन का आईना : यानोश बहादुर

"हंगरी में, पैतोफ़ी कवि एवं कवि-कर्म का पर्यायवाची शब्द है। माँ, पिता, खाना और पीना जैसे शब्दों के बाद, हंगेरियाई शिशु सबसे पहले यही शब्द सीखता है।" यह कहना है विख्यात रचनाकार यानोश हाय का, जिन्होंने शान्दोर पैतोफ़ी की 200वीं जयंती के अवसर पर, भारत में विशेष व्याख्यान दिये हैं। हंगरी में बच्चे ख़ुद से पढ़ने-लिखने लगें, उससे पहले उन्हें जो एक अपेक्षाकृत लम्बी कविता सुनाई जाती है, वह है *यानोश बहादुर*, जो अन्य अन्तरराष्ट्रीय मानक बाल-पुस्तकों से होड़ लेती दीखती है। पर यह किताब केवल बच्चों के लिए नहीं है। *यानोश बहादुर* में पाठक अपने मनोजगत की मनचाही चीज़ें "देख" सकते हैं। अमर प्रेम कथाओं के मुरीद पाठक इस में युवा यॉन्ची और इलुश्का के बीच पनपते-बढ़ते प्रेम की कहानी का आनन्द ले सकते हैं, जो त्रासदी की सीमाएँ छूती है। साहसिक कारनामों के शौक़ीनों को यहाँ हंगरी से पोलैंड, भारत और फ्रांस तक की, और वापस उलट-पुलट दुनिया में लौटने की यात्रा मिल जाएगी। भूगोल-इतिहास की बेढब कल्पनाएँ यहाँ मिलेंगी। हास्य-विनोद-व्यंग्य के दीवानों को यानोश बहादुर कभी कोमल तो कभी बीहड़ प्रसंगों से गुदगुदाता मिलेगा।

उन्नीसवीं सदी में पैतोफ़ी के समकालीन पाठक *यानोश बहादुर* को एक 'लोक कथा' के रूप में पढ़ते रहे। उस सदी के अन्त होते-होते इसे 'हास्यपूर्ण महाकाव्य' माना जाने लगा। बीसवीं सदी के आरम्भ में दैजो कोस्तोलान्यी (1885-1936) ने राय दी कि यह एक महाकाव्य या हास्यपूर्ण महाकाव्यात्मक कृति है; इसका मुख्य नायक यॉन्ची, जो बाद में यानोश बहादुर कहलाया, एक बहादुर

हुसार (घुड़सवार) है जो होमर के ओडीसियस की याद दिलाता है।

अप्रैल, 1845 में यह कृति—*यानोश वितेज़*—एक लोक कथा के रूप में छपी थी। कुछ आलोचकों ने तो यह भी कहा था कि "ऐसी चीज़ छापने वाला मूर्ख है।" पर जर्मनी के सांस्कृतिक प्रभाव से इस नज़रिये में बदलाव आया और इस कृति का मान ऊँचा होने लगा। हंगारी कथाओं के दो संग्रह जर्मन भाषा में विएना तथा ब्रून में छपे। इनका संकलन तो हंगरी में ही हुआ था, पर हंगरी के पाठक समाज ने उन्हें तवज्जो नहीं दी थी। कुछ पाठकों की मान्यता थी कि परी कथा एक निम्न-भ्रू या निचले दर्जे की विधा है जिसे साहित्य में जगह नहीं मिलनी चाहिए। *यानोश बहादुर* को भी ऐसी टिप्पणी सुननी पड़ी—"शिक्षित पाठक को यह एक सुहावनी मगर उबाऊ कथा महसूस होती है जो कि शरीर और बुद्धि से कमज़ोर तथा बचकाने लोग इसे दस क्या, सौ-सौ बार बाख़ुशी सुनते-सुनाते रहेंगे।" लेकिन पैतोफ़ी के प्रकाशक की राय में, पैतोफ़ी ने लोक कथा का मुहावरा ही बदल दिया था, जिससे अब वह संभ्रांत, पढ़े-लिखे तबक़ों के बीच पैठ बना सकती थी।

पैतोफ़ी लोक कथाओं और लोक गीतों से हंगरी के विशाल समतल प्रदेश में, जहाँ 1823 में उनका जन्म हुआ, बचपन से ही परिचित थे। स्कूली शिक्षा के दौरान, सेना में बिताए समय, और घुमक्कड़ नाट्य मंडली में अभिनेता के तौर पर बिताए वर्षों में उनका वास्ता कई भाषाओं से, कई तरह के साहित्य से पड़ा था। लोक कथा को प्राय: पीढ़ी दर पीढ़ी मौखिक रूप से सुनाए क़िस्सों के रूप में परिभाषित किया जाता है। लेकिन वास्तव में उस दौर में लोक कथा की अन्य कई परिभाषाएँ भी संभव थीं। पैतोफ़ी ने काव्य-विधा के रूप में गीत और लोक गान का चयन समझ-बूझकर किया था।

1844 का वर्ष, जब *यानोश बहादुर* की रचना हुई, इक्कीस वर्ष के उस कवि के जीवन का एक उथल-पुथल से भरा वर्ष था। वह वर्ष घुमंतू नाट्यमंडली में अभाव और भुखमरी का सामना करते हुए शुरू हुआ था। फ़रवरी में 70-80 कविताएँ काग़ज़ पर उतार कर, दैब्रैत्सैन से पैश्त तक लगभग 230 किलोमीटर का रास्ता पैदल पार किया

था उन्होंने। उस युग के विख्यात कवि मिहाय वोरोश्मार्ती को अपनी कविता दिखाने के लिए! पैसों की ज़रूरत थी, लिहाजा रास्ते में एगैर में रुककर एक धार्मिक स्कूल के छात्रों से कहकर चंदा जुटाया। वोरोश्मार्ती ने कविताएँ देखने के बाद अपने कई कवि-मित्रों से उन कविताओं की तारीफ़ की। वोरोश्मार्ती की सिफ़ारिश के फलस्वरूप *ऑथेनैउम* नामक विख्यात पत्रिका में कविताएँ प्रकाशित हो गईं। *पैश्ती दिवातलॉप* (पैश्त फ़ैशन) में सम्पादकीय नौकरी भी मिल गई।

पैश्त फ़ैशन के प्रधान सम्पादक इमरै वॉहोत ने, जो कवि के मकान-मालिक भी थे, बताया कि पैतोफ़ी ने *यानोश बहादुर* को पाँच दिन और पाँच रातों में (या छह दिन छह रातों में!) दिसंबर, 1844 में लिख डाला था। जल्द ही उसमें नौ सर्ग और जोड़ दिए गए। उन्होंने लिखा है—"1844 में कड़कड़ाती ठंड पड़ी...आदत के विपरीत वह घर में ही रुका रहा, शाम का गाउन पहने रहा, अपना लम्बा-सा पाइप जलाता रहा, और अपने चौगिर्द धुएँ का बादल बनाता रहा। बीच-बीच में वह उत्प्रेरक रेड वाइन के घूँट लेता रहा। वह एक सँकरे पिंजरे में क़ैद सिंह की तरह चहलक़दमी करता रहा।"

यानोश बहादुर के पहले 1844 में ही *गाँव का हथौड़ा* आया, जो कि हास्यप्रधान महाकाव्य है। कविता में उन रोमांटिक लेखकों की लिजलिजी शैली की खिल्ली उड़ाई गई थी जो मिहाय वोरोश्मार्ती की नक़ल में, ख़ासकर *ज़ॉलान की उड़ान* के अनुसरण में लिखना चाह रहे थे। विख्यात *उड़ान* में हंगरी के संस्थापक के रूप में मान्य आर्पाद की, तिसा और दुनॉ नदियों के बीच के प्रदेश पर फतह दिखाई गई है। *गाँव का हथौड़ा* उस क़िस्म के रोमांटिक महाकाव्य की पैरोडी है जो कमतर काव्य-प्रतिभा वालों के हाथों में पड़ कर, पूर्वजों के गौरवमय करतबों की शब्दाडंबरी सूची मात्र बन कर रह जाती है।

गाँव का हथौड़ा एक खाँटी ज़मीनी कहानी है। गाँव में दो पियक्कड़ हैं, एक है लोहार फैयैनॉज 'गाँव का हथौड़ा', और दूसरा है चर्च का मुख्य गायक, और दोनों 'क्वाँरी एर्ज़ोक' की नज़रे-इनायत के लिए प्रतिद्वंद्वी है। एर्ज़ोक एक पब (दारूख़ाने) की मालकिन है। दोनों की ये रक़ाबत पब में युद्धभूमि जैसे अंतर-विरोध

दिखाती है। *गाँव का हथौड़ा* इस तरह निहायत हास्योत्पादक कविता बन जाती है। उपनामों और वर्णनों में हवाई उड़ानें, महाकाव्यों वाला नुस्ख़ा और आडम्बरपूर्ण भाषा रोज़मर्रा के कामों और नशीले झगड़ों पर चस्पाँ है। समकालीनों को यह रचना पसन्द नहीं आई। कृति की विफलता ने पैतोफ़ी को महाकाव्यों की अन्य सम्भावनाओं की खोज में लगा दिया।

यानोश बहादुर में पैतोफ़ी ने अपनी रचनात्मकता के एक अन्य पक्ष का प्रयोग किया और इसको 'लोक कथा' नाम दिया। 1845 में इसका प्रकाशन सफल रहा।

यानोश बहादुर के तीन मुख्य हिस्से हैं। सर्ग 1 से 6 तक की कथा का आधार वास्तविक जीवन-प्रसंग हैं। नायक है यॉन्ची मकईवाला—जो एक अनाथ बालक है, एक अन्य अनाथ बालिका इलुश्का से उसे प्रेम है—जो सुनहरे बालों वाली गोरी सुन्दरी है। दोनों के परिपालक निर्दय हैं—इलुश्का की सौतेली माँ, यॉन्ची का सौतेला पिता। दोनों को दिन भर कड़ी मेहनत करनी पड़ती है। अक्सर वे एक झरने या छोटी नदी के किनारे मिलते हैं जहाँ इलुश्का कपड़े धोने आती है और पास ही खेतों में यॉन्ची भेड़ें चराता है। यॉन्ची लापरवाही करता है, एक दिन कई भेड़ें ग़ायब हो जाती हैं, और सौतेला पिता ग़ुस्से से उसे घर से हँकाल देता है।

दूसरे दिन वह घने जंगल में एक झोपड़े में पहुँचता है जो डाकुओं का अड्डा है। डाकू उसे अपने साथ रखना चाहते हैं। रात में डाकुओं के सो जाने पर यॉन्ची डाकुओं को झोपड़े समेत जला देता है, पर अकूत सोना चाँदी जवाहरात ले जाए, या छोड़ दे, इस पसोपेश में अन्ततः पाप के उस धन को नहीं छूता।

दूसरे हिस्से में, सर्ग 7 से 17 तक, यॉन्ची सेना में (हुसारों में) शामिल हो जाता है। गाँव के लड़कों के लिए सेना एक मुख्य विकल्प हुआ करती थी। हंगरी के घुड़सवार 'हुसार' की अपनी कीर्ति-गाथाएँ थीं जो गाँवों में सबको मोहित करती थीं। घर लौटा सैनिक विश्व साहित्य में जहाँ-तहाँ मौजूद है। हंगरी में 1792 और 1815 में साहित्य में इसका पदार्पण हुआ—फ्रांस, नेपोलियन और

यूरोप के संग्रामों के सन्दर्भ से। योझेफ़ ग्वॉदान्यी की कृति *रोन्तो पाल* और वोरोश्मॉर्ती की लम्बी कविता *सैनिक* (1844) इस संदर्भ में उल्लेख्य है। पैतोफ़ी ख़ुद 1839 से 1841 तक सेना में रहे, जहाँ उन्हें सैनिकों के और भी अजीबो-ग़रीब क़िस्से सुनने को मिले होंगे।

फ्रांस को तुर्कों से मुक्त कराने निकली हंगारी सेना का सामना कुत्ता-सिर वाले तातारों से और उनके नरभक्षी राजा से होता है। पर यॉन्ची मकईवाला फ्रांसीसी राजा की बेटी को छुड़ा लाता है; तब राजा उसे 'यानोश बहादुर' का सम्मानजनक नाम देता है, बेटी को उससे ब्याहना चाहता है। पर यानोश अपनी इलुश्का पर आसक्त है। ढेरों सोना-चाँदी लेकर, इलुश्का की खोज में निकल पड़ता है।

सर्ग 17 से 27 तक पाठक को अलौकिक क़िस्म के भूगोल, सागर-विस्तार, जीव-जन्तुओं, चुड़ैलों आदि से मिलने का मौक़ा मिलता है। अन्त में परी लोक पहुँच कर, एक चमत्कार से उसे इलुश्का मिल जाती है। ट्रैजिक अन्त अचानक सुख-चैन-वैभव के कल्पना-लोक में परिणत हो जाता है। वे परी-लोक के राजा-रानी हो जाते हैं।

पैतोफ़ी ने हंगरी के लोक काव्य को स्वीकार और आत्मसात किया था। यह भी प्रमाणित-सा किया कि हंगारी साहित्य को जर्मन साहित्य का पिछलग्गू रहने की ज़रूरत नहीं। पैतोफ़ी ख़ुद को 'क़ुदरत का एक जंगली फूल' मानते थे। 1844 में इसी शीर्षक से उन्होंने एक कविता भी लिखी। विगत का मूलगामी पुनर्मूल्यांकन, लोक कथा के साथ और पूर्ववर्ती हंगारी कविता (चोकोनॉइ, बॉथियान्यी, वोरोश्मार्ती) के साथ सजग सम्बन्ध की स्थापना पैतोफ़ी की एक तरह की मौलिक सूझ थी।

—मारगित कोवैश

यानोश बहादुर

एक

1

चिलचिलाती गर्मियों की सूरज की किरण
चिलकती है ऊपर से छुटके चरवाहे पर
गोकि बेकार है दहकाना धूप का
चरवाहा खुद है गर्मी से बेज़ार।

2

इश्क़ की आग जल रही जवान दिल में,
गाँव के सिवान पर रेवड़ चराता वह।
गाँव के सिवान, इधर-उधर चर रहे झुंड,
पसरा वो घास पर अपने फ़र कोट पर।

3

आसपास बेशुमार रँगारंग फूल खिले,
लेकिन उसकी आँखें नहीं किसी फूल पर;
हाथ भर दूरी पर नदिया बहती कल-कल,
उसी पर लगी उसकी आँखों की टकटकी।

4

टकटकी, नहीं नदिया की उजली फेन पर,
बल्कि है सुनहरे केशों वाली गोरी पर,
सुनहरे केशों वाली छरहरी काया पर,
लहराते केशों पर, गोल-गोल स्तन पर।

5

घुटनों तक तहाया है गोरी का घाघरा,
फींच रही जो कपड़े निर्मल जलधार में,
पानी से ऊपर नज़र आते घुटने दो,
देखता, निहाल हुआ यॉन्ची मकईवाला।

6

उधर जो चरवाहा लेटा हरी घास पर,
और भला कौन? वही यॉन्ची मकईवाला!
और जो पछार रही कपड़े जलधार में—
है वो इलुश्का!—यॉन्ची-दिल की मोती।

7

"मेरे दिल की मोती! जां मेरी! इलुश्का!"
यॉन्ची मकईवाला उसे यों पुकार उठा।
"देख इस तरफ़! सारे दुनिया-जहान में
तू ही तो है मेरी मौज-ओ-बहार!"

8

"नीलकमल नैनों की एक किरण मुझ पर भी!
निकल आ जल से मैं लिपटा लूँ, तुझको!
निकल आ तट पर बस पल भर के वास्ते,
रोप दूँ रूह सुर्ख होंठों पर तेरे!"

9

"पता है, प्यारे यॉन्ची! मैं तो निकल आती
ख़ुशी-ख़ुशी, जो न हो धुलाई की हड़बड़ी।
जल्दी में हूँ, वरना खैर नहीं मेरी—
सौतेली बेटी जो हूँ अपनी माँ की!"

10

बोली यह रूपसी गोरी इलुश्का
और बड़ी मेहनत से धोती रही कपड़े,

पर छुटका चरवाहा उठा फ़र कोट से
और पास आकर, लगा उसको फुसलाने।

11

"निकल आ, मेरी कबूतरी! निकल आ, ओ मेरी फ़ाख्ता!"
चूमने लिपटने में देर न लगती मुझको;
और अभी तो सौतेली माँ भी नहीं आसपास,
जाना मत!—मर न जाए आशिक़ तड़प कर।"

12

मीठी मनुहारें कर बुला लिया गोरी को पास,
कस कर लपेट ली कमर दोनों हाथों से,
चूम लिये होंठ—एक बार, सौ-सौ बार?
जो हो सर्वज्ञ वही जाने—हाँ, कितनी बार।

दो

1

इस बीच तेज़ी से वक़्त बढ़ा आगे,
नदिया के झाग पर साँझ हुई लाल।
दुष्ट सौतेली माँ हुई लाल-पीली;
मटक रही इतनी अबेर किधर लाडली?

2

दुष्ट सौतेली बूढ़ी माँ ने यों सोचा;
और उसी सोच से निकल पड़े शब्द ये :
(शायद हुलस कर, उच्चारा उसने!)
"देखूँ, मलंग तुझे! अब तेरी ख़ैर नहीं!"

3

ख़ैर नहीं तेरी इलुश्का! बेचारी छोकरी यतीम!
आ ही पहुँची तेरे पीछे वो, डायन ग़ुस्सैल।
विकराल मुँह बाये, फेंफड़े फुलाये,
मीठे सपनों से झिंझोड़ कर जगाती हुई :

4

"बदनीयत बेईमान! बेग़ैरत जीव!
तेरी यह हिमाक़त, कलमुँही दुनिया की!

बर्बाद करती है दिन ऐसे, नीच!
ज़रा इसे देखो तो! जाए तू नरक में।"

5

"अब बस कर! बहुत हुआ, सुनती है बुढ़िया?
कर ले मुँह बंद, वरना गोबर लिपवा देंगे!
एक भी शब्द अगर बोली इलुश्का से,
बचे-खुचे दाँत भी गिरा दूँगा ज़मीं पर।"

6

डर से थरथराती अपनी प्रिया के बचाव में,
गरजा बहादुर रेवड़ का रखवाला;
और फिर रोष-भरी आँखों से डाँटता,
बोलना पूरा किया अपने इन शब्दों से :

7

"अगर नहीं चाहती कि फूँक दूँ मैं तेरा घर,
तो इस बेचारी को हाथ मत लगाना अब!
वैसे भी हाड़-तोड़ काम यह करती है
फिर भी कुछ नहीं मिलता, सूखी रोटी के सिवा।"

8

"जा अब तू मेरी, प्यारी इलुश्का, जीभ है तेरे पास,
करना शिकायत अगर करे ये ज़्यादती।"
"और सुनो, औरों की मीन-मेख मत देखो!
दूध की धुली कोई तुम भी नहीं, बुढ़िया!"

9

यॉन्ची मकईवाला उठा कर फ़र-कोट,
चल पड़ा तेज़-क़दम, रेवड़ की टोह में,
भौंचक रह गया जब उसने यह ध्यान दिया
दो-चार भेड़ें ही पड़ी थीं इधर-उधर।

तीन

1

सूरज ढल कर अब धरती छूने ही वाला था,
तभी आधे रेवड़ को जमा किया यॉन्ची ने;
पता नहीं, क्या बीती दूसरे आधे पर :
उठा लिया उसे, भेड़िये ने या चोर ने?

2

जहाँ कहीं हो वो, मगर अब तो खो चुका है;
होना उदास या तलाशना फ़िज़ूल है।
मगर अब क्या करे? जुटाई उसने हिम्मत,
हर तरफ़ हाँकता चला बचे रेवड़ को।

3

"ख़ैर नहीं, यॉन्ची! अब तेरी ख़ैर नहीं!"
कातर, दुबकता, चला जा रहा सोचता।
"शुभ न था सितारा, मेरा, स्वामी वाला,
तिस पर ये! ...हो, जो हो मर्ज़ी भगवान की।"

4

बस इतना सोच, और सोच नहीं पाया वह;
आ पहुँचा रेवड़ के साथ अब फ़ाटक पर।

फ़ाटक के आगे ही खड़ा था क्रोधी मालिक,
आदतन रेवड़ की गिनती रखने वाला।

5

"रहने दें मालिक! न करें रेवड़ की गिनती,
क्या तो इनकार करें! जी हाँ, कमी है बड़ी;
ख़ता माफ़! लेकिन अब कर नहीं सकता कुछ,"
यॉन्ची मकईवाला के ये अल्फ़ाज़ थे।

6

इस पर उसके मालिक ने यह जवाब दिया,
सहलाई मूँछें और फिर उन पर ताव दिया :
"पागलपन छोड़, यॉन्ची, मुझसे मज़ाक़ नहीं;
है भला-चंगा तू मुझे, ग़ुस्सा दिलाना मत।"

7

पता चला, बात ये नहीं है मज़ाक़ की,
यॉन्ची मालिक का तब माथा भन्ना गया;
यॉन्ची मालिक वहशी जैसा गुर्रा उठा :
"कहाँ है लोहे का पंजा! ला भोंक दूँ! मैं उसे आर-पार।

8

हाय, डाकू! हाय, तू है फाँसी के लायक़!
नोंच खाय कौआ तेरी दोनों आँखें!
इसीलिए पाला तुझे? इसीलिए खिलाया?
छूटे न गर्दन से फाँसी की रस्सी!

9

दफ़ा हो यहाँ से! तुझे देखूँ न फिर कभी!"
यॉन्ची-मालिक के मुँह से शब्द इस तरह बरसे,
फिर उस ने यकायक बड़ा लट्ठ उठा लिया
और बड़ा लट्ठ ले दौड़ा यॉन्ची के पीछे।

10

भागा वहाँ से यॉन्ची मकईवाला,
इसलिए नहीं कि डर गया था वो,
ताक़तवर लड़का था, बीस जवानों जितना,
गोकि अभी बीस सर्दियाँ भी न देखी थीं।

11

भागा इसलिए कि उसे साफ़-साफ़ दीख पड़ा,
उसके मालिक का इतना गुस्सा भी वाजिब है,
लड़ता वह कैसे, अगर मुठभेड़ छिड़ जाती –
जो आधा बाप था, पाला-पोसा जिसने?

12

भागता रहा, फिर जब मालिक लगा हाँफने,
धीमा हुआ, रुक गया, फिर धीमे चल पड़ा,
दाईं ओर, बाईं ओर, चाहता क्या है वह?
पता न था, उलझन बड़ी थी उसके सिर में।

चार

1

नदिया का पानी जब दर्पण-सा निखर उठा,
झिलमिला उठे जिसमें हज़ारों सितारे :
यॉन्ची जा पहुँचा इलुश्का के बाग़ के
पिछवाड़े; जाने कैसे, उसे भी नहीं पता।

2

रुका, फिर उसने प्रिय बाँसुरी निकाली,
बजाने लगा सबसे दर्दीला गीत;
ओस-कण ने ढँक दी सब झाड़ी और घास,
शायद हमदर्द सितारों के वे आँसू थे।

3

इलुश्का थी नींद में। आँगन में अगवाड़े
जहाँ लेटती थी वो गर्मी के दिनों में।
उठ बैठी गीत सुन, जाना-पहचाना,
झटपट उतर आई, यॉन्ची से मिलने को।

4

यॉन्ची को देख कर अच्छा नहीं लगा उसे,
डर कर ज़ुबान से निकल पड़े बोल :

"यॉन्ची प्यारे मेरे! क्या हुआ? ज़र्द क्यों?
छीजता चाँद ज्यों उदास रात पतझर की?"

5

"हाँ मेरी इलुश्का! रंग ज़र्द क्यों ना हो?
आख़िरी दफ़ा शायद मुँह तेरा देख रहा..."
"यॉन्ची रे! तुम्हें देख मैं तो भयभीत हूँ,
ख़ुदा के वास्ते, ऐसा तो मत कहो।"

6

"आख़िरी दफ़ा तुझको देख रहा हूँ, ओ मेरे दिल की बहार!
आख़िरी दफ़ा मेरी वंशी पर, बज रहा है बिरहा।
आख़िरी दफ़ा तेरा आलिंगन करता, आख़िरी दफ़ा लेता चुम्बन!
जा रहा मैं अब हमेशा को, जा रहा हमेशा को तुझे यहीं छोड़ कर।"

7

अब जब बतला दी सब बात बेचारे ने,
गिर पड़ा रोती हुई प्रिया के सीने पर;
गिर पड़ा, आलिंगन किया, मुँह मोड़ लिया–
देख न ले गोरी, छलछला उठी आँखें।

8

"अब तो सलोनी इलुश्का! अब तो मेरी प्यारी गुलबदन!
ख़ुदा का रहम तुझ पर, याद मुझे भी रखना।
झाड़-झंखाड़ जो तुझे दिखे अंधड़ में,
दर-ब-दर भटकता प्रेमी तुझे याद हो आए!"

9

"तो अब यॉन्ची प्यारे! जाओ, जो तुम हो मजबूर!
ईश्वर दे साथ हर क़दम पर तुम्हारा।
रस्ते में पड़ा फूल अगर नज़र आए तुम्हें,
याद आ जाए ये मुरझाती प्रेमिका!"

10

विलग हुए वे दोनों, ज्यों टहनी से पत्ती,
दोनों के दिल छाया वीराना, सर्द शीत।
टपाटप आँसू गिरते जाते इलुश्का के,
यॉन्ची पोंछता जाता, कुर्ते की बाँह से।

11

चल पड़ा, नहीं देखा-कहाँ किधर रास्ता?
कोई परवाह नहीं, पहुँचे अब जहाँ कहीं।

बज रहीं आसपास ग्वालों की बाँसुरी,
गायों की घंटियाँ...पर उसको नहीं भान।

12

छूट चुका था उसका गाँव बहुत पीछे,
अब न दिखे दहकते अलाव चरवाहों के;
जब अन्तिम बार ठहर कर, देखा पलट कर,
ताकता दिखा उसको, भुतहा-सा चर्च-शिखर।

13

अगर अभी कोई होता उसके पास,
तो वह सुन पाता उसे, बड़ी आह भरते;
आसमान चीरते उड़ रहे थे सारस,
मगर वे न सुन पाते, थे इतनी ऊपर।

14

घिसटते, घिसटते, चुपचाप चला रात भर,
सरसरा रहा था, बस, लबादा गर्दन पर;
भारी लबादा, भेड़खाल का, लगा उसको,
जबकि इस क़दर भारी था दिल बेचारे का।

पाँच

1

अब जब सूरज ने उग, किया चाँद को रुख़सत,
सागर-सा पसरा था चटियल मैदान;
सूरज के उगने से सूरज के ढलने तक,
ओर-छोर अँगड़ाता समतल वीरान।

2

न था वहाँ फूल, ना पेड़, ना झाड़ी,
ओस चमचमाती थी छितर-बितर घास पर;
एक तरफ़ सूरज की पहली ही किरण से,
नरकट से घिरा ताल, होने लगा था लाल।

3

ताल के किनारे, नरकट के झुरमुट में,
लंब-ग्रीव बगुला था खाने की खोज में;
और ताल के बीचोबीच, तेज़ पनडुब्बे,
मारते झपट्टा, अपने तीखे डैनों से।

4

बढ़ता चला यॉन्ची, लिए साथ-साथ
मनहूस छाया और मनहूस चिन्ताएँ;

चमचमा उठी धूप, पूरे वीराने पर,
लेकिन उस के दिल में गहराई रात।

5

सूरज जब आसमान पर ऊँचे चढ़ आया,
आया ख़याल उसे, "खा लें दो कौर!"
खाया था लगभग, इसी वक्त, खाना कल,
अब थके पैर, खड़े रहना लगा मुश्किल।

6

बैठ कर ज़मीन पर, थैले को खोल कर,
झटपट गटक लिया बचा-खुचा टिक्का;
नील गगन, सूरज की नज़रें थीं उस पर,
परी-मृगतृष्णा की दीठ दिपदिपाती थी।

7

ज़रा-सा कलेवा था, लगा बड़ा चटपटा,
प्यास लग आई तो गया ताल के तट पर;
टोप की किनारी को पानी में डुबकाया
और इस तरह, जलती प्यास बुझा ली उसने।

8

अभी ताल के तट से दूर नहीं निकला था,
तभी उसकी पलकों पर नींद उतर आई;
टिकाया उसने सिर, छछूँदर की बाँबी पर,
जिससे खोयी ताक़त, वापिस मिल जाए उसे।

9

आया जहाँ से, वहीं पहुँच गया सपने में,
आराम करती इलुश्का थी बाँहों में;
पर उसने जब चाहा चूमना गोरी को,
भारी गड़गड़ाहट ने सपने को भगा दिया।

10

चारों तरफ़ लम्बा-चौड़ा वीराना था,
आसमान से तूफ़ां उठने ही वाला था;
उतनी ही तेज़ी से तूफ़ां उमड़ पड़ा,
जिस तेज़ी से पलटा यॉन्ची का भाग्य।

11

दुनिया ने पहन लिया अँधेरा लिबास,
गरज उठा आसमां, तड़क उठी बिजली;

खुल गया आख़िर में परनाला बादल का,
और ताल के जल में फूट पड़े बुदबुदे।

12

यॉन्ची ने एक बड़ी लाठी की टेक ली,
नीचे गिरा ली टोप की चौड़ी किनारी;
पलट कर ओढ़ा बड़े बालों का लबादा,
फिर अपलक देखने लगा विकट झंझा।

13

लेकिन आँधी जितनी तेज़ी से आई थी,
उतनी ही तेज़ी से आसमान छोड़ गई।
पवन के पंखों पर बैठ चल दिए बादल,
चमक उठा पूरब में रंगीन इंद्रधनुष।

14

यॉन्ची ने लबादे से झटक दिया पानी,
और झटक कर, चल पड़ा अपनी राह।
सूरज जब उतर गया करने आराम,
दो पैर तब भी चलाते रहे यॉन्ची को।

15

उसके दो पैर उसे वन में चलाते रहे,
घने हरे जंगल के बीच स्याह जंगल तक;
कौए की काँव-काँव ने उसका स्वागत किया
नोंच रहा था जो किसी मरे पशु की आँखें।

16

वह न परेशान हुआ जंगल या कौए से,
अपनी ही राह चला यॉन्ची मकईवाला;
जंगल के बीच भी अँधेरी पगडंडी पर
चाँद की किरण पीली रौशनी दिखाती चली।

छह

1

वक़्त अब आधी रात का हो चला होगा,
जब कोई किरण टिमटिमाती नज़र आई।
नज़दीक पहुँचा तो देखा वो रौशनी
जंगल के भीतर किसी खिड़की से आती थी।

2

यह देख कर यॉन्ची सोचने लगा मन में :
"रौशनी कहीं ये जल रही है सराय में,
शुक्र है ख़ुदा का—होगा कुछ ऐसा ही,
आज रात अन्दर जा, करूँगा आराम यहीं।"

3

भ्रम हुआ यॉन्ची को—नहीं थी सराय वो,
वो तो था बारह डाकुओं का रहवास!
घर भी ख़ाली न था, वे सारे डाकू
बारह के बारह, सभी थे घर के अन्दर।

4

रात का समय, डाकू, कुदाली, तमंचे...
सब सोच देखें तो ये न था हँसी-ठट्ठा;

मगर अपने यॉन्ची का दिल था ठिकाने पर,
इसी से उनके बीच निर्भय प्रवेश किया।

5

"महाप्रभु शुभ संध्या दें, आप भाग्यवानों को!"
यॉन्ची ने कुछ ऐसे किया उनका अभिवादन।
इस पर वे डाकू सब उठा कर हथियार,
झपट पड़े यॉन्ची पर, बोला कप्तान :

6

"बदनसीब आदमी! कौन है तू जिसने
जुर्रत की इस देहरी पर क़दम रखने की?
क्या तेरे माँ-बाप ज़िन्दा हैं? बीवी है?
हों भी तो अब न देख पाएँगे तुझे कभी!"

7

पर यॉन्ची का दिल नहीं धड़का ज़ोर से,
ना मुखड़ा ज़र्द हुआ, सुन कर ये शब्द;
डाकू कप्तान की धमकी का उसने
निडर आवाज़ दिया ऐसा जवाब :

8

"जिसे किसी भी कारण ज़िन्दगी बचाना हो,
बहुत समझदारी है यहाँ से हट जाने में;
पर मुझको नहीं मोह जीवन से, इसलिए
आप जो भी हों, दम है मुझमें पग रखने का।

9

अच्छा लगे तो मुझे ज़िन्दा रह जाने दो,
यहीं इस रात मुझे आराम करने दो,
अगर ना लगे अच्छा, तो मुझको मार दो,
तुच्छ जीवन अपना, बचाना नहीं है मुझे।"

10

शान्ति से ये कह कर, किया इन्तज़ार,
बारहों डाकू लगे देखने हैरत से;
तब कप्तान ने शब्द ये बोले :
"कहूँ बात एक, जो दोहरी है, भाई मेरे...

11

तू है भला अच्छा लड़का, बहादुर लाजवाब!
ईश्वर ने तुझे रचा है डाकू बनने को।

ज़िन्दगी से बेपरवाह, मौत से न डरता तू,
तेरी है ज़रूरत हमें, आ, मिला हाथ!"

12

डाका, लूट, क़त्ल हैं हमारे तईं हँसी-खेल
इस उम्दा हँसी-खेल का इनाम है दौलत।
देख ले, इस पेटी चाँदी है, इसमें है सोना,
करेगा क़बूल तू दोस्ती हमारी?"

13

अजब-से ख़याल उठे यॉन्ची के मग़ज़ में,
और स्वांग भर कर ख़ुशी का, उनसे बोला :
"दोस्त तो हूँ ही, मिलाओ, ये रहा हाथ!
सबसे सुन्दर घड़ी है भद्दे जीवन की।"

14

बोला कप्तान, "और सुन्दर हो जाए सब,
इसलिए चलो मेरे लोग कुछ पिया जाए,
पादरी के तलघर की बेहतरीन वाइन है,
कलसों की गहराई की, आओ थाह लें।"

15

फिर कलसों के गहरे तल देखे उन्होंने,
उनके सिरों में हुई दफ़्न उनकी अक़्ल,
एक बस यॉन्ची था जिसने हद नहीं तोड़ी,
पीने को कहने पर वह चुसकी भर लेता।

16

ठगों की पलकें भर दीं वाइन ने सपनों से,
कुछ नहीं, इसी की प्रतीक्षा थी यॉन्ची को,
जब सारे डाकू दाएँ, बाएँ लुढ़क गए,
तब यॉन्ची ने शुरू किया इस तरह कहना :

17

"शुभ रात्रि! अब न तुम्हें कोई जगाएगा,
क़यामत के दिन तुरही-नाद के अलावा,
बाती बुझाई तुमने बहुतों के जीवन की,
भेज रहा मैं तुमको अब अनंत रात्रि!

18

चलूँ अब ख़ज़ाने के पास! भरूँ थैला,
ले आऊँ तेरे घर, प्यारी इलुश्का!
तू ना रहे अब सौतेली माँ की ग़ुलाम,
ब्याह लूँ तुझे, चाह रहा यही ईश्वर भी।

19

गाँव के बीच में घर बनवाऊँगा,
नई नवेली तुझे वहाँ ले जाऊँगा,
वहाँ हम दोनों जीते रहेंगे आनन्द से,
जैसे आदम-हव्वा स्वर्ग के बगीचे में।

20

'हे प्रभु, मेरे कर्ता! क्या तो कह बैठा मैं!
डकैतों का शापित धन मैं लेकर जाऊँ?

हर चीज़ पर जिसमें ख़ून के धब्बे हैं,
ऐसा ख़ज़ाना लेकर ख़ुश रहूँ मैं अमीर?

21

छूना भी नहीं उन्हें! मुझसे न होगा,
मेरी अंतरात्मा अभी दाग़ी तो नहीं हुई;
प्यारी इलुश्का मेरी, झेलो तुम तकलीफ़ें,
प्रभु के भरोसे जियो जीवन अनाथ।"

22

जब यॉन्ची बोल चुका ये सारी बातें,
जलती मोमबत्ती लेकर बाहर आया,
और घर के चारों कोनों पे लगा दी आग,
भूखे पशु के समान, लील लिया लपटों ने।

23

भभक उठा छप्पर लौ बन कर पल भर में,
लाल-लाल लपट लपक उठी आसमान में,
साफ़ नील आसमान हो गया स्याह-सा,
फीका हो गया रंग उजियारे चाँद का।

24

जब ये अजब रौशनी फ़ैल गई हर तरफ़,
जगा दिया सहसा उल्लू, चमगादड़ को;
फैले हुए डैनों की तेज़ फड़फड़ाहट ने,
पेड़ों के पत्तों की शान्ति भंग कर डाली।

25

फिर से जनमे सूरज की पहली किरण,
धुँधुआते खँडहर घर पर जगमगायी,
टूटी-जली खिड़की से झाँका भीतर जब,
नज़र आए वहाँ डाकुओं के कंकाल।

सात

1

पार किए यॉन्ची ने सातों समुंदर,
लुटेरों के घर का ख़याल तक न आया उसे;
एकाएक चिलक उठा कुछ उसके सामने,
हथियार! जिन पर थी किरणों की मार।

2

जवां घुड़सवार आते छबीले हुसार,
जिनके हथियारों पर कौंध रहा सूरज;
नीचे प्रचंड अश्व करते फूत्कार,
लहराते रेशमी अयाल, सिर डुलाते।

3

यॉन्ची ने जब उनको देखा निकट आते,
मुश्किल से अँटा सका दिल बाएँ सीने में;
सोचा कि "काश ये मुझ को अपना लेते,
मैं भी तो ख़ुशी-ख़ुशी बन जाता फ़ौजी।"

4

आ पहुँचे सैनिक जब बिलकुल नज़दीक,
उनके सरदार की गूँजी ललकार :

"होशियार, हमवतन! गरदन क्यों लटकी है?
आख़िर क्यों दिखते हो इतने मायूस?"

5

याचना करता तब बोल उठा यॉन्ची :
"इस गोल दुनिया में भटकता फिरता मैं;
अगर आप की पाँत में शामिल हो पाता,
चमकते सूरज से नज़रें लड़ाता मैं!"

6

बोला सरदार, "हमवतन, खूब सोच लो!
मौज नहीं, हत्या करने को निकले हैं हम।
तुर्क चढ़ बैठे हैं फ्रांस के अवाम पर,
निकले हैं हम फिरंगियों की मदद के लिए।"

7

“तब तो फिर और भी चाहूँगा मैं
कि चढ़ बैठूँ घोड़े पर, कसवा दूँ ज़ीन;
अगर न मारा मैंने—दुःख मार देगा मुझे,
युद्ध ही तो मेरा मनचीता काम है।

8

“सच है मैं अब तक, जानता था बस गधे को,
क्योंकि इक गड़रिये वाला पेशा था मेरा;
पर मैं मज्यॉर हूँ, जन्मजात घुड़सवार,
मज्यॉरों के ही लिए, रचे गए ज़ीन, अश्व!”

9

यॉन्ची ने बतलाया बहुत कुछ ज़ुबान से,
लेकिन उससे भी अधिक, चमकभरी आँखों से;
सहज ही अफ़सर को भला लगा यॉन्ची,
भर्ती कर लिया उसे, सैनिक के तौर पर।

10

चाहिए निराली ही वाणी ये बताने को—
क्या तो महसूस किया यॉन्ची ने पहन कर
वर्दी का लाल पतलून, फिर ज़िरह बख़्तर,
दिखला कर सूरज को चमाचम तलवार!

11

मुँहज़ोर घोड़ा लगा सितारों को लतियाने,
ज्यों ही उछल कर यॉन्ची उस पर सवार हुआ;

मगर वह डटा ही रहा उस की पीठ पर,
मानो भूचाल भी डिगा न पाता उसको।

12

भौंचक्के रह जाते उसके सैनिक साथी,
देख-देख उसका सुरूप और शक्ति;
पहुँचते जहाँ भी वे, जहाँ कहीं ठहरते,
होते रवाना तो रो पड़ती ललनाएँ।

13

लेकिन जहाँ तक ललनाओं का सवाल है,
एक भी ललना जँची नहीं यॉन्ची को;
सच तो यह है कि जगह-जगह घूमने पर भी,
कोई नहीं मिली इलुश्का के जोड़ की।

आठ

1

बहरहाल पलटन बढ़ चली, बढ़ चली आगे,
और आन पहुँची, तातारों के देश;
पर वहाँ, मुँह बाये खड़ा था बड़ा ख़तरा :
श्वान-मुंड तातारी झुंड दिखे आते!

2

श्वान-मुंड तातारी जनों के अधिनायक ने
मज्यॉर पलटन का यों किया अभिवादन :
"है दम, जो करो तुम, सामना हमारा?
पता है, हम जीते हैं खा कर नर-मांस?"

3

मज्यॉर बेचारे, डर से थरथरा उठे,
क्योंकि तातार थे हज़ार गुना ज़्यादा;
ग़नीमत हुई कि उसी वक़्त वहाँ आ गुज़रा
सारासेन देश का नेकदिल महाराजा।

4

फ़ौरन तरफ़दारी की उसने मज्यॉरों की,
सैर कर चुका था वह मज्यॉर देश की,
जहाँ दिलदार नम्र मज्यॉर लोगों ने,
किया था उसका बड़ा आदर-सत्कार।

5

भूला नहीं था सारासेन बादशाह उसे,
उतर पड़ा इसीलिए बचाने मज्यॉरों को,
तातारी महाराज था उसका दोस्त,
सुलह करवाने को बोला वह शब्द ये :

6

"मेरे प्रिय मित्र, मत सताना इस सेना को,
ज़रा भी तुम्हारा नुक़सान यह करेगी नहीं,
मज्यॉर लोगों को जानता हूँ भली तरह,
मेरे तईं! इनको कर लेने दो देश पार।"

7

"यार, तुम्हारी ख़ातिर, ऐसा ही कर दूँगा।"
बात मान कर बोला तातारी महाराज।

यही नहीं, लिख दिया एक पार-पत्र भी,
ताकि ना छुए कोई, मज्यॉर पलटन को।

8

सचमुच सेना को नहीं हुआ कोई कष्ट,
फिर भी ख़ुशी हुई जब पहुँचे सीमा पर।
खुश भी न होते क्यों—यह दरिद्र प्रान्त
उपजाता है बस अंजीर और भालू-मांस!

नौ

1

तातार देश का गिरि-गह्वर प्रान्तर,
दूर तक निहारता रहा इस पलटन को,
पलटन अब इटली में भीतर धँस रही थी,
रोज़मेरी अरण्यों की अँधियारी छाया में।

2

हमारे लोगों पर इधर, ख़ास कुछ नहीं बीती,
जूझना पड़ा बेशक, उन्हें सख़्त जाड़े से,
इस इटली देश में चूँकि नित्य है सर्दी,
सैनिक हमारे चले, बर्फ़ ही बर्फ़ पर।

3

फिर भी मज्यॉर चूँकि जनम से कड़ियल हैं,
जितनी भी ठंड हो, पाया क़ाबू उस पर;
और जब लगी सर्दी, तो अपने आप,
घोड़ों से उतर उन्हें पीठ पर लाद लिया।

दस

1

इस तरह वे पहुँचे पोलैंड देश में,
फिर पोलिश धरती से आ गए इंडिया;
फ्रांस का देश और इंडिया पड़ोसी हैं,
पर इनके बीच सफ़र, कोई मज़ाक़ नहीं।

2

इंडिया के बीच में तो टीले ही टीले हैं,
ऊँचे और ऊँचे होते जाते हैं ये टीले;

और जहाँ दोनों की सीमाएँ मिलती हैं,
वहाँ पर पहाड़ तने हैं आसमान तलक।

3

वहाँ सेना हो गई, पसीने से तर-ब-तर,
नोंच कर फेंक दिए, नेकटाइ, 'दोलमान'।
ओ रे भगवान! अब तो घंटे भर की
दूरी पर रह गया सूर्य यहाँ सिर पर!

4

आसमानी हवा के सिवा कुछ नहीं खाया;
इतनी गाढ़ी थी वो कि चबा सकते थे।

पेय भी मिला उनको अजब तरीक़े से,
जब लगी प्यास, तो बादल को निचोड़ा।

5

आख़िर जा पहुँचे पहाड़ के शिखर पर;
गर्मी ऐसी कि वहाँ रात में ही चल पाते।
धीरे-धीरे चलते, बाधाएँ इतनी थीं,
घोड़ों को ठोकर लगती थी सितारों से।

6

लड़खड़ाते बढ़ते तारों के बीच से,
सोचने लगा तभी यॉन्ची मकईवाला :
"कहते हैं जब-जब ढरकता है यक तारा,
धरती पर किसी शख़्स की जान जाती है।

7

"हज़ारों नसीब हैं, तेरे, दुष्ट सौतम्मा!—
जो मुझे नहीं पता कि कौन सितारा किसका।
मेरी कपोती को तू न सताती आगे,
जो मैं लुढ़का देता अभी तेरा सितारा!"

8

कुछ देर बाद उतरने लगे ढलान से,
उनके नीचे पहाड़ नाटे होने लगे।
भीषण गर्मी लगभग ख़तम होने लगी,
ज्यों-ज्यों बढ़े आगे, फ्रांस की ज़मीन पर।

ग्यारह

1

फ्रांसीसियों का प्रदेश है मनोहारी,
पूरा ही स्वर्ग, छोटी जन्नत ही समझो।
इसीलिए लार टपकाते थे तुर्क
इसीलिए घातक इरादे से टूट पड़े।

2

मज्यॉर लोग जब पहुँचे उस देश में,
तुर्क लोग वहाँ लूट-पाट में लगे थे,

मालदार चर्चों के ख़ज़ाने लुट गए थे,
रिक्त हो चुके थे सब वाइन के तहखाने।

3

नज़र आ रही थीं जलते शहरों की लपटें,
जो भी दिख जाता, कट जाता तलवार से,
ख़ुद महाराजा को, खदेड़ दिया क़िले से,
और इकलौती, प्यारी, बिटिया भी छीन ली।

4

पाया इस हाल में, फ्रांस के नरेश को,
छिपता फिरता अपने उस विशाल देश में,
ज्यों ही उसे देखा, मज्यॉर हुसारों ने,
उसके नसीब पर आँसू टपकाने लगे।

5

भटकते राजा ने सुनाई यह बात :
"मित्रो! बहुत शोचनीय, हैं ना हालात!
डेरियस की टक्कर का मेरा ख़ज़ाना था,
अब लड़ना पड़ता है, भारी कंगाली से।"

6

पलटन-सरदार ने उसको दिलासा दी :
"दुखी न हों तेजस्वी, महाराज फ्रांस के!
हम तो इन दुष्टों को, नचा कर रख देंगे,
जिन्होंने किया, अत्याचार यों आप पर!

7

आज की रात हम, करेंगे विश्राम,
क्योंकि राह लम्बी थी, हम कुछ थके-से हैं।
लेकिन कल सूरज के उठने के बाद हम
वापस क़ब्ज़ा लेंगे, आपका हिराना देस।"

8

"लेकिन मेरी प्यारी बिटिया मासूम!
पाऊँगा उसे कहाँ?" चीख उठा राजा।
"तुर्की वज़ीर ने किया उसको अगवा,
अब जो लौटा लाये—ब्याह दूँ उसी से मैं!"

9

बड़ा था प्रोत्साहन, मज्यॉर सेना को!
सभी के दिलों में, उमड़ पड़ी आशा;

सभी के सिरों में ये निश्चय हुआ तारी,
"या तो उसे लाऊँगा, या फिर मर जाऊँगा।"

10

यॉन्ची मकईवाला ही शायद था ऐसा,
जिसने ऐलान सुना, पर नहीं दिया कान;
यॉन्ची के मन में चलता था कुछ और :
याद आ रही थी फिर सलोनी इलुश्का।

बारह

1

अगले दिन आदतन सूरज सुबह उठा,
लेकिन हर सुबह ऐसी देखी-सुनी न थी,
जैसी कि अब सुनी, जैसी अब देखी,
धरती की कोर पर ज्यों ही वह चढ़ पाया।

2

सेना की दुंदुभी पुरज़ोर बज उठी,
उठ खड़े हुए जवान उसके आह्वान पर;
फ़ौलादी तलवारें सान पर पैनी हुईं,
कस दी गई ज़ीनें घोड़ों पर फिर तुरन्त।

3

राजा ने हक़ से इसरार किया ज़बर्दस्त—
जाएगा लड़ने वह उन सबके संग-साथ,
लेकिन हुसारों के बुद्धिमान नायक ने,
इस तरह दिया महाराजा को परामर्श :

4

"नहीं, मेहरबान शाह! आप तो यहीं रुकें,
लड़ने के लिए अभी बाँहें कमज़ोर हैं;

वक़्त ने बचा रक्खा है साहस आपका,
ताक़त उड़ी है पर अभी तो उसी के संग

5

भरोसा रखें आप, ईश्वर पर, हम पर भी,
वादा है हमारा कि सूरज डूबे जब तक,
आपके स्वदेश से भगा देंगे दुश्मन हम,
और आप फिर राजगद्दी पर बैठेंगे।"

6

और मज्यॉर हो गए घोड़ों पर सवार,
करने लगे तलाश तुर्की लुटेरों की;
ज़्यादा तलाश नहीं, जल्दी वे मिल गए,
करवा दी हरकारे से युद्ध-घोषणा।

7

लौटा हरकारा तब रणभेरी गूँज उठी,
और युद्ध का भीषण कोलाहल फूट पड़ा;
खड़की तलवारें उठी कंठों से हुंकारें,
यही था मज्यॉरों का जंगी एलान।

8

घोड़ों की बग़लों में एड़ें लगाई जब,
धड़धड़ा उठी नाल-जड़ी टापें, धरती पर,
या शायद धरती का दिल ही धड़कने लगा,
डरा दिया शोर ने कि आफ़त आई सर पर।

9

सात पूँछ वाला था तुर्कों का पाशा,
मदिरा के बैरल जैसी मोटी तोंद,
पी पी कर नाक हो चुकी थी लाल-सुर्ख,
लोगों को लगा जैसे हो वो पका खीरा।

10

बड़ी तोंद वाले, तुर्कों के नायक ने
सुन कर ऐलान, जत्थे सेना के जमा लिए,

हालाँकि ठिठक गईं टुकड़ियाँ क़रीनेदार,
मज्यॉर हुसारों ने जब पहला वार किया।

11

मगर ये हमले न थे बच्चों का खेल,
अफ़रा-तफ़री मच गई ज़रा देर में,
तुर्क बहाने लगे ख़ूनी पसीना तब
हरियल मैदान हो गया लाल सागर।

12

बाप रे बाप! कैसा दिन था वो गर्मी का,
तुर्कों की लाशों से उठ चला पहाड़,
विकट तोंद वाला पाशा मगर है ज़िन्दा
उसकी तलवार के निशाने पर है यॉन्ची।

13

नहीं है मज़ाक ये, समझ गया यॉन्ची;
तुर्की पाशा को ललकारा इन शब्दों से :
"अबे, एक के नाते वैसे भी भारी तू,
आ मैं तुझे कर दूँ, एक से बढ़ा कर दो।"

14

जैसी प्रतिज्ञा की, वैसा ही कर डाला,
चीर कर दो टुकड़े बना दिए पाशा के,
पसीने से लथपथ घोड़े के दाएँ-बाएँ
गिर कर, दुनिया से विदा हो लिया महामहिम।

15

भयभीत तुर्की सेना ने जब ये देखा,
फेर कर पीठ वह भाग चली वहाँ से,
भागी, भागी, भागती ही रहती शायद
अगर हुसार लोग पहुँचते न उन लोगों तक।

16

अब जब पहुँच ही गए, अपनी तलवारों से
काटने लगे उनके सर, जैसे खसखस हों;
एक घुड़सवार मगर सरपट चला जाता था,
पीछा करने लगा, मकईवाला उसका।

17

भाग रहा था जो, तुर्की पाशा का बेटा था,
गोद में उसके कुछ था जो सफ़ेद-सा,
वह थी सफ़ेदी—फ्रांसीसी शहज़ादी,
जिसे नहीं था कोई होश-ओ-हवास।

18

घोड़ा दौड़ाता यॉन्ची पहुँचा उसके क़रीब,
गरज कर कहा, "सुन रे! रुक जा ईमान से,
वरना खोल दूँगा दरवाज़ा तेरे तन में
जिससे चली जाए नरक, तेरी अधम आत्मा!"

19

लेकिन न रुकता कभी पाशा का बेटा,
गर उसके नीचे का घोड़ा न गिरा होता,
गिरा जो धड़ाम से, निकल गए प्राण,
तब पाशा-बेटे के मुँह, निकले ये बोल :

20

"दया करो, दया करो, नेकदिल शूरवीर!
और कुछ नहीं तो देखो मेरी जवानी को;
मैं हूँ जवान अभी, करता ज़िन्दगी से प्यार ...
मेरा सब कुछ ले लो, मगर मुझे जीने दो!"

21

"सब अपने पास रख, कायर, न जीने लायक़!
तू नहीं मेरे हाथों मरने के क़ाबिल!
जा तू, संदेसा ले जा अपने वतन को,
क्योंकर क्या हुआ उसके बेटे-बटमारों का।"

22

घोड़े से उतरा, शहज़ादी की तरफ़ बढ़ा,
और उसकी दिलकश आँखों के भीतर झाँका,

जिन्हें शहज़ादी ने उसी पल खोला था,
और उसके होंठों से निकले ये शब्द :

23

"प्रिय मुक्तिदाता! नहीं पूछूँगी—कौन तुम?
इतना ही कहूँगी मैं हूँ आभारी तुम्हारी,

बड़ा उपकार है, मैं सब कुछ करूँगी,
कहोगे तुम, तो तुमसे शादी कर लूँगी।"

24

पानी नहीं, ख़ून ही तो बहता था रगों में,
यॉन्ची के दिल में उथल-पुथल उठी भारी,
पर दिल की भीषण हलचल पर किया क़ाबू
अपनी सलोनी इलुश्का को याद कर।

25

कोमल स्वर से सुन्दर शहज़ादी से बोला :
"मेरी गुलबदन! पहले चलें पिताजी के पास,
वहीं पर इस बात पर करेंगे विचार हम"
और घोड़े के आगे, चल पड़ा साथ-साथ।

तेरह

1

यॉन्ची मकईवाला और वो शहज़ादी
सूरज डूबे तब तक युद्ध-स्थल जा पहुँचे।
डूबते हुए सूरज की आख़िरी किरण
देखती वह दर्दनाक दृश्य लाल आँखों से।

2

कुछ और नहीं, ख़ूनी मौत देखी सूरज ने,
और कौओं का झुंड, जो उतरा लाशों पर;
इस दृश्य में उसे कुछ नहीं लगा अच्छा,
सागर की गहराई में वह उतरता गया।

3

युद्ध-स्थल के पास एक बड़ी झील थी,
उसमें भरा रहता था साफ़ सुनहरा जल।
पर अब हो चुकी थी लाल, मज्यॉर फ़ौज ने
उसमें नहा कर बहा दिया था तुर्क ख़ून।

4

जब उनके सारे जत्थे नहा-धो चुके
वे चले फ्रांसीसी राजा के क़िले की तरफ़,

दूर न था जंगी मैदान में उसका क़िला...
इसलिए चले आए राजा को पहुँचाने।

5

सेना क़िले में अभी दाख़िल ही हुई थी,
तभी यॉन्ची मकईवाला भी आ पहुँचा,
साथ में उसके सजीली शहज़ादी थी
मानो बादल के संग, इन्द्रधनुष रँगारंग।

6

बूढ़े राजा ने ज्यों ही बेटी को देखा,
काँप कर आनन्दित गले से लगा लिया,
बेटी के होंठ जल उठे उसके चुंबन से,
और तब उसने उच्चारे ये शब्द :

7

"अब मेरी ख़ुशियों में कोई भी कमी नहीं,
जाओ, भाग कर कोई बावर्ची को बुला लाओ,
रात के खाने में जो बढ़िया हो, बनाए
मेरे इन विजयी बहादुर वीरों के लिए।"

8

"महामहिम! बावर्ची बुलवाना ज़रूरी नहीं,"
राजा के बग़ल से ही उठी एक किलकारी,
"मैंने पहले से ही सब बना रक्खा
बग़ल के कमरे में परोस भी दिया है वो।"

9

बावर्ची के ये शब्द गूँज उठे मन-भावन,
भले मज्यॉर हुसारों के कानों में।
बुलाना नहीं पड़ा उन्हें बहुत देर तक,
आ बैठे वे सब सजी मेज़ों को घेर कर।

10

किया जैसा निर्मम बर्ताव था तुर्कों से,
वैसा बर्ताव किया बढ़िया पकवानों से,

कोई आश्चर्य नहीं, जो लगी तेज़ भूख,
बहादुर वीरों को उस बड़ी मार-काट में।

11

जब चारों तरफ़ छलकने लगा कलसा,
राजा के मुँह से निकला यह फ़रमान :
"सुनो मेरी बात ऐ बहादुर सज्जन लोगो!
बहुत अहम है जो मैं अभी कहने वाला हूँ।"

12

सुनने लगे मज्यॉर हुसार सभी ध्यान से,
राजा की बात का मतलब समझने को,
राजा ने लिया घूँट, फिर गला खँखारा,
आखिर इन शब्दों से तोड़ा फिर मौन :

13

“सबसे पहले तो बताओ नाम अपना,
बहादुर, जिसने मेरी बेटी को बचाया!”
“मेरा असल नाम है यॉन्ची मकईवाला,
है कुछ गँवारू मगर मुझे कोई लाज नहीं।”

14

यॉन्ची मकईवाले ने दिया ये जवाब
तब महाराजा ने इस तरह फ़रमाया :
“देता हूँ, तुम को मैं नाम एक दूसरा,
कहलाओगे अब से—यानोश बहादुर!

15

गुणवान यानोश बहादुर! तुम सुनो!
बचा लिया तुमने, मेरी प्यारी बेटी को,
तुम उससे शादी करो, हो वह तुम्हारी!
और उसके साथ बैठो, मेरे सिंहासन पर।

16

इस राजगद्दी पर, बैठा मैं बहुत देर,
उसी पर बूढ़ा हुआ, उसी पर पके बाल,
राजकाज मेरे लिए अब हो चला मुश्किल,
इसीलिए मैं उसका करता हूँ परित्याग।

17

तुम्हारे माथे पर रखूँ मैं चमकदार मुकुट,
मुकुट के एवज़ मुझे कुछ नहीं चाहिए,

बस एक कमरा दिला दो इस क़िले में,
जिसमें अपने बाक़ी दिन मैं गुज़ार दूँ।"

18

ये ही थे शब्द, देखो, महाराजा के,
भारी विस्मय से हुसारों ने इन्हें सुना।
इस प्यारे भाषण पर यानोश बहादुर ने,
बहुत ही विनम्र सुर में किया धन्यवाद।

19

"आपकी मेहर के लिए बहुत धन्यवाद,
मगर इस मेहरबानी के योग्य तो नहीं हूँ मैं,
साथ ही मुझे ये भी निवेदन करना है,
मैं यह अनुग्रह स्वीकार नहीं कर सकता।

20

सुनानी पड़ेगी एक लम्बी कहानी, क्यों
मैं इस कृपा का उपयोग नहीं कर सकता,
लेकिन मुझे डर है, आप ऊब जाएँगे,
और मैं किसी पर बोझ बनना नहीं चाहता।"

21

"बतलाओ बेटे! हम सुनने को तत्पर हैं,
व्यर्थ ही तुम चिन्ता करने लगे हो।"
फ्रांस के भले राजा ने यों उसे भरोसा दिया,
और तब यानोश बहादुर बताने लगा :

चौदह

1

“तो कैसे शुरू करूँ?... सबसे पहले तो यही—
मकईवाला—ऐसा नाम मिला क्यों मुझको?
मकई के खेत में पड़ा हुआ मिला मैं,
इसीलिए कहलाया—यॉन्ची मकईवाला।

2

एक खेतिहर की रहमदिल बीवी ने
—कितनी ही बार बताया होगा उसने—
देखा एक बार वहाँ मकई के खेत में
लटपटा रहा था मैं एक हल-रेख में।

3

भाँय भाँय रोता मुझे देख, दया आ गई,
नीचे नहीं छोड़ा बल्कि बाँहों में उठा लिया,
घर जाते-जाते वह सोचती रही मन में,
‘सूनी है गोद मेरी, अब इसे पालूँगी।’

4

पर उसका घरवाला, गुस्सैल वहशी था,
मैं तो उसे फूटी आँखों भी नहीं भाया,

और वहाँ ज्यों ही मुझको उसने देखा,
अंड-बंड गालियों की कर दी बौछार!

5

वह भली औरत तब करने लगी मिन्नत,
गुस्सा मत हो बप्पा! सुनो तो यह बात—
कैसे उसे मरने को छोड़ चली आती मैं?
क्या फिर भगवान कभी करता दया मुझ पर?

6

और ये निठल्ला तो रहेगा नहीं घर में!
आपके हैं खेत, खलिहान, बैल, भेड़ें;
ईश्वर की देन ये छोटू जब बड़ा होगा,
लगाना नहीं पड़ेगा हलवाहा चरवाहा!'

7

इसी तरह किसी तरह कराया उसे राज़ी,
पर कभी सीधे मुँह बोला नहीं वो मुझसे;
ज़रा भी अगर चूक होती किसी काम में,
वह पिल पड़ता मुझ पर, डंडा सोंटा लेकर।

8

इस तरह पिटते-खटते पला और बड़ा हुआ,
बहुत कम ख़ुशियाँ नसीब हुईं मुझको;
अलबत्ता एक ख़ुशी थी कि उस गाँव में
सुन्दर सुनहरे केशों वाली लड़की थी।

9

कब्र में समा चुकी थी माँ बहुत पहले,
बाप दूसरी औरत ब्याह कर ले आया;
पर कुछ ही दिनों बाद चल बसा बाप भी,
सौतेली माँ के संग रह गई अकेली वो।

10

वही नन्हीं-सी लड़की मेरा सुख-चैन थी,
कँटीले मेरे जीवन में गुलाब इकलौता;
किस क़दर किया उससे प्यार, कैसा अनोखा!
कहते थे लोग हमें—ये गाँव के अनाथ!

11

बचपन में तो उसकी एक झलक के बदले,
ठुकरा देता मैं पकवान मधुर छेने के!

जैसे ही आता रविवार, मैं हुलस उठता,
बच्चों के बीच खेलने उसके साथ।

12

फिर जब बढ़ते-बढ़ते हो चला किशोर,
और जब दिल में भी मचने लगी हलचल,
क्या तो हुआ हाल जब चूमा उसको मैंने!
मेरी बला से चाहे ढह जाती ये दुनिया।

13

उसको सौतेली माँ अक्सर सताती थी,
ईश्वर कभी न दे इस पर उसे माफ़ी;
क्या पता कितना और ज़ुल्म वह ढाती रहती,
यदि मेरी धमकी न कसती उस पर लगाम!

14

मेरा अपना जीवन भी कुत्तों जैसा था;
उस भली औरत को दफ़ना दिया हमने,
जिसने मुझे पाया था, मैं कह सकता हूँ—
मेरी सगी माँ की तरह देखभाल की उसने।

15

दिल मेरा है कठोर, और फिर जीवन में
शायद ही मैंने बहाये कभी आँसू;
लेकिन उस धाय माँ की क़ब्र की ढेरी पर
झर-झर बहते जाते थे मेरे आँसू।

16

छोटी-सी सुन्दर स्वर्णकेशी इलुश्का भी
क़ब्र पर रो दी दुख से, दिखावे के लिए नहीं;
क्यों न हो, स्वर्गीया ममतालु आत्मा वो,
जहाँ भी था सम्भव, उसका भला करती थी।

17

कई बार कहती थी, 'कर लो ज़रा इन्तज़ार,
मैं तुम दोनों की शादी करवाऊँगी,
जोड़ी तुम्हारी अनोखी बनेगी,
ज़रा करो इन्तज़ार, इन्तज़ार, बच्चो!'

18

हम तो बेचैनी से कर लेते इन्तज़ार,
वह कर भी देती—क़सम भगवान की,
(क्योंकि हमेशा क़ायम रहती थी बात पर)
यदि न उतर जाती वो धरती के गर्भ में।

19

फिर, उसके बाद जब उसकी हो गई मौत,
और हमारी सारी उम्मीदें टूट गईं,
हम उस नाउम्मीदी के बीच भी, दोनों
करते रहे प्यार, बिलकुल पहले की तरह।

20

पर शायद ईश्वर की मर्ज़ी कुछ और थी,
छीन ली उदासी-भरी ख़ुशी भी दिलों की;

एक बार मुझ से मेरा रेवड़ छिटक गया,
इसी पर मालिक ने मुझे घर से खदेड़ दिया।

21

विदा ली मैंने अपनी मीठी इलुश्का से,
कड़वा मन लेकर, निकल पड़ा दुनिया में,
लम्बी-चौड़ी दुनिया में छिप-छिप कर भटका,
और अंत में भर्ती हो गया सेना में।

22

मैंने न कहा उससे, अपनी इलुश्का से—
दिल अपना तुम किसी और को देना मत!
ना ही उसने कहा—रहना तुम वफ़ादार!—
हमें था पता, हम न तोड़ेंगे कभी वफ़ा।

23

मेरे भरोसे मत रहो, सुन्दर शहज़ादी!
क्योंकि अगर अपना नहीं पाया, इलुश्का को,
तो फिर दुनिया में किसी को न अपनाऊँगा,
भले ही मुझे मेरी मौत भूल जाए!"

पन्द्रह

1

यानोश बहादुर ने यों अपनी कथा ख़त्म की,
ठंडक छिनी सभी श्रोता-दिलों की,
धुलता रहा शहज़ादी का मुख आँसू से,
जो फूट निकले, व्यथा से, करुणा से।

2

बोल पड़े महाराजा तब ऐसे बोल :
"शादी के लिए पुत्र, ज़ोर नहीं डालूँगा,
लेकिन आभार-सहित, देता हूँ तुमको कुछ,
उसे ग्रहण करने से मना मत करना तुम।"

3

और महाराजा ने खोल दिया ख़ज़ाना,
एक युवक आगे बढ़ा उनके आदेश पर,
और भर दिया सोना सबसे बड़े बोरे में,
यानोश ने इतनी दौलत न कभी देखी थी।

4

"बहादुर यानोश! मेरी बिटिया के उद्धारक,"
बोले राजा, "लो ये नन्हीं सौगात,

ले जाओ ये पूरा भरा हुआ बोरा,
सुख से रखो अपनी दुलहन को, ख़ुद को भी!

5

रोकता तुम्हें, मगर पता है, रुकोगे नहीं,
मन होगा अपनी प्रिया से जा मिलने का,
जाओ तुम, लेकिन जो साथी हैं तुम्हारे,
रुकेंगे कुछ वक़्त यहीं, करेंगे कुछ मौज।"

6

बात वही थी, जैसी राजा ने कही थी,
अपनी कबूतरी के पास उसे जाना था;
ली उसने नाज़ुक विदाई शहज़ादी से,
जा पहुँचा सागर-तट, बैठा जहाज़ में।

7

राजा सेना समेत पहुँचाने गए वहाँ,
कई-कई बार सुनी गूँज, "यात्रा शुभ हो!"
निगाहें उन सबकी उसे ताकती रहीं तब तक,
जब तक वह ओझल ना हुआ दूर कुहरे में।

सोलह

1

यानोश बहादुर के संग जा रहा था जहाज़,
बड़े-बड़े पाल थे जो हवा को पकड़ते थे,
लेकिन यानोश के ख़याल चले तेज़तर,
राह में उनके नहीं थी कोई रोक-टोक।

2

"कुछ ऐसा रूप लिया उसके ख़यालों ने :
ओ री इलुश्का! मेरी मनभावन फ़रिश्ता!

तुझे है इलहाम कैसी ख़ुशी आनेवाली है?
ढेरों धन लेकर तेरा साजन घर आता है।

3

मैं आ रहा हूँ घर, ताकि अब आख़िर में,
बड़ी कश्मकश के बाद बन जाएँ जोड़ा हम;
होगी हमारी जोड़ी सुखमय संपन्न,
किसी की भी ज़रूरत पड़ेगी नहीं हमको।

4

मुझसे मालिक का बर्ताव कुछ भला न था,
लेकिन उसे करता हूँ मैं उसके लिए माफ़।
सच है मेरी किस्मत खुली है उसी की वजह,
सो घर पहुँचते ही दूँगा पुरस्कार उसे।"

5

सोचा यानोश ने ये सोचा कई-कई बार,
इसी बीच तेज़ी से आगे बढ़ता रहा जहाज़,
फिर भी अभी दूर था सुन्दर मज्यॉर देश,
क्योंकि देश फ्रांस का पड़ता है बड़ी दूर।

6

यानोश बहादुर आया डेक पर जहाज़ के,
टहलता रहा वो इधर-उधर उस शाम को,
तभी कर्णधार अपने मल्लाहों से बोला,
"ललाई है क्षितिज में, अब उठेगी हवा शायद।"

7

यानोश बहादुर का ध्यान नहीं था उस पर,
सारस का झुंड उड़ रहा था सर के ऊपर,
दिन थे यह पतझर के, और ये पखेरू सब,
शायद उड़ आए थे उसी के वतन से!

8

हसरत से उसने ताका सारस-दल को,
मानो वे ले आए हों कोई भली ख़बर!
भली ख़बर इलुश्का की, अपनी इलुश्का की,
और प्रिय वतन की जिसे देखा नहीं अरसे से!

सत्रह

1

अगले दिन, जैसे कल क्षितिज के आसार थे,
सचमुच चल पड़ी हवा, सो भी बहुत तेज़।
सागर-लहरें पछाड़ खाती सिसकने लगीं
खा-खा कर थपेड़े हहराते तूफ़ान के।

2

भयभीत हो उठे नाविक जहाज़ के,
जैसा कि होता है ऐसे तूफ़ानों में,

व्यर्थ हो रहे थे समूचे प्रयास,
दिखा नहीं रास्ता कहीं से बचाव का।

3

काले-काले बादल, घिरे, हुआ अंधकार,
अचानक कड़क उट्ठा आसमानी युद्ध,
बिजलियाँ गिरीं आड़ी-तिरछी सभी तरफ़,
एक वज्रपात ने जहाज़ किया चूर-चूर।

4

तैरती नज़र आईं किर्चियाँ जहाज़ की,
लाशों को बहा कर ले चला समुद्र,
फिर क्या रही क़िस्मत यानोश बहादुर की?
उसे भी क्या बहा दिया बेरहम लहरों ने?

5

अरे, यों तो मौत बहुत दूर नहीं थी उससे,
मगर रखवाले हाथ बढ़ा दिए स्वर्ग ने,
और अनोखी तरकीब से उबारा, ताकि
फेनिल लहरें ना बनें उसका ताबूत।

6

ऊपर और ऊपर उसे पानी उठाता गया,
जब तक कि जल का तल छूने लगे बादल,
और तब यानोश बहादुर ने झटके से
थाम लिया बादल अपने दोनों हाथों से।

7

चिपट गया उस से वह, और उसे ना छोड़ा,
भारी मशक़्क़त कर, लटका रहा उस पर,
तब तक बादल जा पहुँचा था समुद्र-तट,
वहीं क़दम उसने रखा, एक चट्टान पर।

8

सबसे पहले दिया धन्यवाद ईश्वर को
जिसने इस तरह से बचाया उसका जीवन,
दौलत खो गई मगर उसकी परवाह न थी,
दौलत के साथ ज़िन्दगी तो नहीं खोयी।

यानोश बहादुर

9

फिर उसने देखा चट्टान पर इधर-उधर,
ग्रिफ़िन-घोसले के सिवा और कुछ नहीं दिखा,
अपने चूज़े को ग्रिफ़िन दाना चुगाती थी,
तभी एक बात सूझ गई यानोश को।

10

सरकता हुआ वो जा पहुँचा घोसले के क़रीब,
और झपट कर सवार हो बैठा उस पर,
उसके पहलू में लगाई एड़ ज़ोर से,
उड़ चला अजब घोड़ा, घाटियों-पहाड़ों पार।

11

उसको पटक देना चाहती थी पखेरू
पटक ही देती वो, उस का यदि वश चलता,

यानोश ने उसकी एक भी न चलने दी,
चेंप ली कस कर कमर और गर्दन उसकी।

12

भगवान जाने, कितने देशों को किया पार,
फिर जब अचानक सूरज नज़र आया,
भोर की तब सब से पहली किरण सीधे
चमचमा उठी उसके गाँव की मीनार पर।

13

बाबा रे! कितना ख़ुश हो उठा बहादुर तब!
ख़ुशियों के आँसू की झड़ी लगी आँखों में,
और वह पखेरू भी थक चुकी थी इतनी,
उसके संग उतर चली धरती की ओर।

14

आख़िर वह एक टीले के ऊपर जा उतरी,
मुश्किल से साँस वह ले पा रही थी,
उतर गया यानोश, छोड़ कर अकेला उसे,
चल पड़ा गहरी सोचों में डूबा-डूबा।

15

"ना लाया सोना मैं, ना लाया ख़ज़ाना,
पर लाया अपना पुराना दिल वफ़ादार,
ये ही काफ़ी है, प्रिय सुन्दर इलुश्का!
पता है मुझे तू करती मेरा विकट इन्तज़ार।"

16

यही सब सोचता गाँव के सिरे पहुँचा,
गाड़ियों की खड़खड़ सुनाई दी कानों में,
गाड़ियों की खड़खड़, बैरलों की भड़भड़,
अंगूर चुनने तैयार हो रहा था गाँव।

17

गुज़रते किसानों पर ध्यान ना दिया इसने,
वे भी न पहचाने इस आने वाले को,
इस तरह गाँव की लम्बाई नापता
चलता गया उधर जिधर रहती थी इलुश्का।

18

फ़ाटक के पास पहुँच हाथ लगे काँपने,
सीने में साँसें भी मानो अटकने लगीं,
आख़िर फ़ाटक खोला, पर उसे इलुश्का नहीं,
कुछ और ही लोग दिखे वहाँ आँगन में।

19

"गलत जगह आ पहुँचा," मन ही मन सोचा,
और फिर सिटकनी पर हाथ गया उसका,
"आप खोजते हैं, किसे?" पूछा कोमलता से,
बनी-ठनी महिला ने यानोश बहादुर से।

20

बताया यानोश ने कि किसको और क्या...
"अरे, मेरे दिलबर! लाल हुए धूप में!

मैंने बड़ी मुश्किल से पहचाना आपको!"
निहायत अचंभे से बोल उठी युवती।

21

"जी, आएँ अन्दर! भगवान, भला करे!
अन्दर आएँ, तब फिर बहुत कुछ बताना है।"
अन्दर यानोश को दी हत्थे वाले कुर्सी,
और निकट बैठ आगे बातें बताने लगी।

22

"मुझको पहचाना? या शायद नहीं पहचाना?
पता है न, मैं हूँ वही नन्ही पड़ोस की,
अक्सर इलुश्का के यहाँ आया करती थी..."
"लेकिन, इलुश्का? कहाँ है इलुश्का?"

23

बात काट कर, किया सवाल यानोश ने,
युवती की आँखें धुँधला गई आँसू से
"कहाँ है इलुश्का? कहाँ?" युवती ने कहा,
"अभागे यॉन्ची चाचा! वो कर दी गई दफ़्न!"

24

खड़ा न था, कुर्सी पर बैठा था यानोश,
वरना वह ढह जाता दर्द की कचोट से,
कुछ तो समझ न सका, हाथ गया दिल पर,
मानो दिल से उखाड़ फेंकेगा वेदना।

25

यों ही कुछ देर वह बैठा रह गया सन्न,
फिर बोला, मानो जागा हो वो सपने से :
"सच सच बताओ! कर चुकी थी वो ब्याह?
ब्याही रहे बेहतर है, ना कि ज़मीं के नीचे।"

26

"तब तो कभी एक बार, सकूँगा उसको निहार!
कड़वाहट भी मुझको लगे प्रिय पुरस्कार।"
पर उसने जान लिया युवती के चेहरे से,
झूठ नहीं था वो, जो उस ने बतलाया था।

अठारह

1

और यानोश ने सिर टिका दिया मेज़ पर,
आँसू का सोता अंतरतम से फूट पड़ा,
जो बोला, इस तरह फफक-फफक कर बोला,
दर्द से रुँधने लगी आवाज़ बार-बार :

2

"क्यों न हो गया मैं ख़त्म, जंग के हड़कंप में?
क्यों न क़ब्र अपनी मैं पा सका समंदर में?

क्यों हूँ, इस जहान में अब भी क्यों हूँ, क्यों हूँ?
आसमां गिराता मुझ पर गाज और यंत्रणा!"

3

दर्द भी आख़िर थक गया उसे सताते हुए,
गोया इस मशक़्क़त से आने लगी नींद!
"गुज़र गई कैसे कबूतरी? क्यों मरी?"
पूछा अब यॉन्ची ने; युवती ने बतलाया :

4

"बहुत कष्ट झेले उस बेचारी जीव ने,
तोड़ दिया सौतम्मा ने उसको ज़ुल्मों से,
पर उस दुष्टात्मा को मिल ही गया दंड,
डोलती फिरी वो लेकर भिखमंगों की लाठी।

5

इलुश्का करती थी आपका बेतहाशा ज़िक्र,
यॉन्ची चाचा! आख़िरी साँस ले बोली वह :
'यॉन्ची, प्यारे यॉन्ची! प्रभु दें आशीष तुम्हें,
प्यार रखा, तो हूँगी तुम्हारी परलोक में।'

6

फिर वह यह छाया-जग छोड़ कर चली गई,
यहाँ से नहीं है दूर दफ़्न की जगह उसकी,
गाँव के बहुत-से लोग मय्यत में साथ गए,
रोये थे सभी वहाँ आँसू से ज़ार-ज़ार।"

7

उसके अनुरोध पर, उस दयालु युवती ने,
पहुँचा दिया यॉन्ची को इलुश्का की क़ब्र तक,
फिर उसे अकेला छोड़ वह तो चली गई,
निर्बल हो झुका यानोश, प्यार की समाधि पर।

8

याद किया बीता हुआ सुन्दर ज़माना वो,
जोश-भरा निर्मल दिल था जब इलुश्का का,
वो दिल, वो चेहरा—और सर्द मिट्टी में
पड़े हैं दोनों ही, मुरझाये सर्द अब।

9

ग़ायब-सी हो गई लाल धूप क्षितिज से,
सूरज की जगह आ गया पीला चाँद,
पतझड़ के धुंधलके की उदासी से झाँकता;
उठा लड़खड़ाता यानोश प्रिया की समाधि से।

10

पर फिर पलट कर गया, क़ब्र की ढेरी पर,
उग आया था गुलाब का छोटा-सा पौधा,
तोड़ लिया एक फूल उस गुलाब का उसने,
और उसे लेकर चला, मन ही मन बोलता :

11

"उसकी ख़ाक से निकले, नन्हे अनाथ फूल,
घुमक्कड़ी में बनो वफ़ादार संगी,

घूमूँगा, भटकूँगा दुनिया के अंत तक,
जब तक न आए मेरी मौत की चहेती घड़ी!"

उन्नीस

1

यानोश बहादुर के दो ही पथ-बंधु थे :
एक था विषाद जो हृदय को कुतरता था,
दूसरा—उसकी तलवार, रखी म्यान में,
तुर्कों के ख़ून से ज़ंग चाटती थी जो।

2

अनिश्चित राहों में इनके साथ वह भटकता रहा।
चाँद की कलाएँ कभी बढ़ती कभी घटती थीं,
सुन्दर शिशिर की धरा, धारती वसंती वस्त्र,
एक दिन हृदय के अवसाद से कहा उसने :

3

"नित्य के अपने इस काम से कब ऊबोगे?
सताते हुए तुम अघाते नहीं, दुःख मेरे!
प्राण न ले पाओ—व्यर्थ तो सताओ मत,
जाओ कहीं, मिले शायद आसरा बेहतर तुमको।

4

देख रहा, तुम वो नहीं, जो ला दे मृत्यु मुझे,
देख रहा, किसी से मँगानी होगी मृत्यु मुझे,

तब तो उस किसी से माँग लूँ : ऐ विपदाओ!
शायद तुम मेरी अभीष्ट मृत्यु ला पाओ।"

5

उसने ये सोचा और त्याग दिया दुःख को,
वो जब-तब दिल के क़रीब लौट आता था,
पर फिर बिला जाता, (दिल पर ताला था अब;
पलकों पर बची रही एक बूँद आँसू की।)

6

अंततः आँसू भी किनारे लगा दिया,
साथ में घिसटता रहा एक ऊबता जीवन
घिसटता घिसटता गया अँधियारे वन में,
रखा क़दम भीतर तो दिखी घोड़ागाड़ी।

7

गाड़ी जो दिखी वो थी एक कुम्हार की,
पहिया धुरी तक धँसा हुआ कीचड़ में,
बेचारा वो कुम्हार, पीट रहा घोड़े को,
पर गाड़ी बोली—मैं तो ना चलने की!

8

"ईश्वर अच्छा दिन दें!" यानोश बहादुर ने कहा,
टेढ़ी नज़रों से उसे घूरा कुम्हार ने,
और बहुत खीझ कर बोल पड़ा बुरी तरह,
"मेरा क्या, दिन तो अच्छा है शैतान का!"

9

"बड़ी बदमज़गी है!" यानोश बोला,
"और क्या, रस्ता भरा हुआ दलदल से,
भोर से ही घोड़े पर चटका रहा कोड़े,
पर वो तो मानो चिपक गया गोंद से।"

10

"मदद कर सकते हैं... पर ज़रा बताइए,
यह जो वो रास्ता है, कहाँ को जाता है?"
यानोश ने रस्ते की तरफ़ इशारा किया,
जो जंगल काटता हुआ दाएँ जाता था।

11

"ये रस्ता, इधर? अरे उधर कभी जाना मत!
कुछ न कहूँगा, बस तुम ख़त्म हो जाओगे।

उधर उस इलाक़े में रहते हैं भीमकाय,
जो भी वहाँ गया, वापस नहीं लौटा।"

12

यानोश बहादुर ने कहा, "छोड़ो वो मुझ पर!
अभी तो पहले काम गाड़ी का किया जाए।"
यह कह, उठान का सिरा पकड़ा उसने,
और, ज्यों मज़ाक़ में, उबार दिया कीचड़ से!

13

आँख-मुँह फटे के फटे रह गए कुम्हार के,
तब भी अचंभा जताने के नाक़ाबिल,
जब तक आया ख़्याल धन्यवाद कहने का,
यानोश बहादुर दाख़िल हो चुका था जंगल में।

14

कुछ देर चलते हुए पहुँच गया यानोश,
भीमकाय लोगों के भयावह इलाक़े में।
सरहद पर वहाँ छोटी नदिया बह रही थी,
हालाँकि वो बड़ी नदी जैसी लगती थी।

15

नदिया किनारे उनका रखवाला खड़ा था,
यानोश लगा उसकी आँखों में झाँकने,
इतना ऊँचा माथा उठाना पड़ा उसको,
मानो देखता हो किसी मीनार की चोटी।

16

उसे आते देखा भीमकायों के रक्षक ने,
जैसे गरजें बादल वैसे दहाड़ पड़ा :
“दिख रहा उधर घास में चलता कोई मिनख,
तलवे खुजला रहे, ठहर, कुचलता हूँ तुझे!”

17

पर ज्यों ही कुचलने को, बढ़ाया क़दम उसने,
बहादुर ने अपने सिर तानी तलवार,
मुटल्ला किशोर पैर रखते ही चीख पड़ा,
पैर छुटाता, गिरा चकरा कर दरिया में।

18

"वैसा ही हुआ यह जैसा चाहता था मैं,"
यानोश बहादुर के दिमाग़ में विचार उठा,
और ज्यों ही सोचा यह, फ़ौरन वह दौड़ा
और दैत्य के ऊपर से दरिया पार किया।

19

महाकाय अब उठ कर खड़ा नहीं हो पाया,
तब तक यानोश जा पहुँचा उस पार,
उस पार पहुँचा और घुमाई तलवार,
काट दी गर्दन उस भीमकाय रक्षक की।

20

फिर न उठा कभी भीमकायों का निगहबान,
अपने इलाक़ों की निगरानी करने को,

आँखों में उसके उतर आया सूर्यग्रहण,
जिसके अंत की उसने व्यर्थ ही प्रतीक्षा की।

21

दरिया का पानी उसके ऊपर से बहता रहा
उसकी लहरें लाल होती गईं लाल ख़ून से,
यानोश पर क्या बीती? ख़ुशहाली? कंगाली?
आगे सुनेंगे ये भी, ज़रा इन्तज़ार करें।

बीस

1

यानोश घुसता गया जंगल के भीतर,
बार-बार ठिठकता, भौंचक्का होकर,
क्योंकि यहाँ-वहाँ आते-जाते न देखा कभी,
वह सब जो दिखा भीमकायों के देश में।

2

इधर के इलाक़े में इतने बड़े पेड़ थे,
जिनका ऊपर का सिरा नज़र नहीं आता था,
और उन पेड़ों के पत्ते इतने चौड़े
आधे पत्ते से ही बन जाए दुशाला!

3

इतने क़द्दावर हो गए थे यहाँ मच्छर,
बिक जाते कहीं भी वे बैलों की एवज़ में,
तेग़ यानोश की चली जाती चीरती
झुंड के झुंड इतने मच्छर उमड़ते थे!

4

और फिर कौवे! ...अरे, वे कैसे कौवे!
उसने देखा पेड़ की चोटी पर कौवा!

होगा वह कोई दो मील दूर उस से,
इतना विकराल मगर, जैसे वह मेघ हो!

5

विस्मित यानोश बढ़ा आगे हौले-हौले,
अचानक कुछ अँधियारा जैसा उठा सामने,
महाकायों के राजा का विशाल स्याह क़िला
था वो, जो खड़ा था अब आँखों के सामने!

6

झूठ नहीं कहता, उसका फ़ाटक था विराट,
इतना बड़ा, इतना बड़ा ...पता नहीं कितना बड़ा!
इतना बड़ा तो था कि कल्पना कर लें अब—
भीमकायों का राजा, छोटा क्यों बनवाता भला?

7

यही सब सोचता, जा पहुँचा यानोश :
"बाहर तो देख लिया, देख लूँ भीतर भी।"
और, बिना सोचे कि क्या आफ़त आएगी,
उसने बड़े महल का दरवाज़ा खोल लिया!

8

अरे, देखने को वहाँ, पड़ा ही क्या था भला!
खाते बैठे थे राजा और अनगिनत बेटे।
खाते क्या थे? अन्दाज़ा करना भी मुश्किल है—
सोचो क्या था?—बस, चट्टानें! चट्टानें!!

9

यानोश बहादुर ने जब वहाँ प्रवेश किया,
इस खाने की तो भला इच्छा ही क्या होती!
लेकिन भीमकायों के दयावान राजा ने
बहुत अच्छी तरह उसे न्यौत लिया खाने पर :

10

"आ ही गए हो तो आओ, खाना खा लो,
चबा लो चट्टान, वरना हम तुम्हें चबा लेंगे;
उठा लो, वरना अपने सूखे खाने में हम
तुम्हारे बदन के चूरे का नमक बुरक लेंगे।"

11

भीमकाय राजा कुछ यों तो न बोला था
कि उसको यानोश मान लेता मज़ाक़;
इसलिए उसने भी बाख़ुशी ये जवाब दिया—
"यों तो ऐसे खाने की आदत नहीं मुझे,

12

फिर भी, कहते हो तो खा लूँगा, क्यों नहीं!
तुम्हारे संग खाना मैं ले लूँगा दुपहर का;
बस ये निवेदन है, तुम्हीं कर सकोगे ये—
मेरे लिए छोटा-सा, कौर तोड़ कर दे दो!"

13

तोड़ा एक टुकड़ा ढाई सेर का चट्टान से,
और उसके साथ-साथ राजा ने फ़रमाया :
"लो ये चबैना के लिए एक लुक़मा है,
मिलेंगे पकौड़े भी, चबाना तसल्ली से।"

14

"चबा लो तुम्हीं अपना कम्बख़्त ये दिन!
शर्त बदता हूँ, सारे दाँत टूट जाएँगे!"
चीख पड़ा ग़ुस्से से भर कर यानोश
और दाएँ हाथ से उछाल दिया ढेला।

15

ढेला धड़ाम से गिरा राजा के सिर पर,
भेजा पिचक कर छितर गया बाहर,
"और बुलवाओ मुझे चट्टान खाने को!"
हँस पड़ा यानोश, "फाँस लगे तेरे गले!"

16

सारे भीमकाय अब शोक में डूब गए,
बदनसीब राजा की घनघोर मौत पर,
और रो पड़े सारे, मारे विषाद के,
बूँद-बूँद आँसू मानो टंकी भर पानी हो।

17

सब से बुज़ुर्ग बोला यानोश बहादुर से :
"मालिक हमारे! राजा! दया करो! दया करो!
अब हम तुम्हीं को अपना राजा बनाते हैं,
हमको न मारना, दास हैं तुम्हारे हम!"

18

"भाई ने कहा, वही हम सबकी इच्छा है,
बस हम पर करना मत वार, हम दास हैं।"

सारे महाकाय गिड़गिड़ाये कातर स्वर में,
“दास हैं तुम्हारे सदा, हमको स्वीकार करो!”

19

यानोश बहादुर बोला, “मुझको स्वीकार है
आपका प्रस्ताव, मगर शर्त है एक,
मैं तो रुकूँगा नहीं, जाना है मुझे आगे,
अपनी जगह मैं राजा बना जाता किसी को।

20

जो भी बने राजा, मुझे फ़र्क़ नहीं पड़ता,
तुम से बस एक ही बात की है माँग,
जब कभी मुझको, आ पड़े ज़रूरत,
तुम सब के सब मेरे पास चले आना।”

21

“ले लो महाराज ये, सीटी, रखो साथ में,
हम सब आ पहुँचेंगे जब कभी बुलाओगे!”
सब से बड़े भीमकाय ने ये किया वादा,
और थमा दी सीटी यानोश बहादुर को।

22

थैले में सीटी सहेजी यानोश ने,
अपनी विजय पर विचार किया गर्व से,
और सुनता हुआ शुभ कामनाएँ अनेक,
भीमकाय लोगों को छोड़ बढ़ गया आगे।

इक्कीस

1

पता नहीं कितने दिन वो चलता चला गया,
पर ये तो पता है कि ज्यों ज्यों बढ़ा आगे,
त्यों त्यों दुनिया होती गई थी अँधियारी,
और फिर अचानक लगा, कुछ भी नहीं दीखता।

2

"हुई रात, या खो दी नज़रों की रौशनी?"
यानोश बहादुर लगा सोचने, कुछ ऐसा।
न थी रात, न थी ख़त्म नज़रों की रौशनी,
बल्कि आ गया था अब देश अँधियारे का।

3

गगन वहाँ रौशन न था, सूर्य से न तारों से;
छूता, टटोलता, बढ़ता गया आगे।
कभी कभी सिर के ऊपर, कुछ उड़ आता था,
सुन पड़ती उसे, फड़फड़ाहट-सी, पंखों की

4

लेकिन फड़फड़ाहट नहीं, वो तो चुड़ैलें थीं,
झाड़ुओं पर उड़ती, उसी तरफ़ आती थीं।

था ये तो चुड़ैलों का ही अँधियारा प्रदेश,
अरसे से उनकी मिलकियत, बसेरा उनका।

5

वे अपनी संसद यहीं आयोजित करती हैं,
आधी रात झाड़ू पर सवार यहाँ आती हैं।
अभी वे संसद के लिए होंगी इकट्ठा,
ऐन अँधेरे के बीच इसी देश में।

6

एक बहुत गहरी गुफा ने इन्हें खींच लिया,
बीच में कड़ाहे के नीचे धधक रही आग।
दरवाज़ा खुलते ही यानोश बहादुर ने
देख ली आग और बढ़ गया उसी ओर।

7

जब तक वहाँ पहुँचा यानोश बहादुर,
तब तक सब चुड़ैलें जमा हो चुकी थीं।
चुपके से पहुँचा वह चाबी के छेद तक
देख कर अजूबा अन्दर, नज़रें अटक गईं।

8

भीतर बड़ी हलचल थी बुढ़ियों की भीड़ में।
डालती कड़ाह में मेंढक, मूसों के सिर,
फाँसी के नीचे उगी घास, फूल-पत्ती,
बिल्ली की पूँछ, साँप, मानव-कपाल।

9

पर उन सबका हिसाब, रख पाता कौन?
यानोश ने ज्यों ही देखा, समझ गया—
यह गुफा असल में चुड़ैलों का अड्डा है,
तभी एक बात कौंधी उसके दिमाग़ में।

10

सीटी के लिए, थैले की तरफ़, बढ़ाया हाथ,
सोचा कि भीमकाय सेना को बुलवा ले,
पर उसका हाथ किसी चीज़ से जा टकराया,
ग़ौर से देखा तो जाना कि क्या है :

11

वे झाडुएँ थीं, रखीं, सटी एक-दूजे से,
जिन पर सवारी कर आई थीं चुड़ैलें।
गट्ठर बना, उनको उसने पटक दिया दूर,
ताकि चुड़ैलों को मिल न पाएँ झाडुएँ।

12

लौट कर आया, और सीटी बजा दी,
भीमकाय लोग वहाँ, फ़ौरन आ खड़े हुए।
"चलो छोकरो! इन पर टूट पड़ो एकदम!"
यानोश ने दिया हुक्म, और वे टूट पड़े।

13

कैसा अजीब-सा कोलाहल मचा उधर!
चुड़ैलों का झुंड निकल भागा बाहर की तरफ़।

बेक़रार हो कर वे खोजने लगीं झाड़ू,
पर वे न मिलीं उन्हें, उड़ नहीं पाईं वे।

14

भीमकाय भी तो आराम से न बैठे थे—
पकड़ ली हरेक ने चुड़ैल एक-एक,
और तेज़ गुस्से से पटका ज़मीन पर,
वे सब हो गईं चपटी, जैसे चपाती हों।

15

इन सबके बीच, ग़ज़ब की हुई बात एक,
जैसे ही दम टूटता एक चुड़ैल का,
वैसे ही अँधियारा और भी छँट जाता,
और अँधेरे का वतन, होता जाता रौशन।

16

अब पूरा उजियारा होने ही वाला था,
तभी बारी आई उस आख़िरी चुड़ैल की ...
सोचिए, किसको पहचाना यानोश ने?—
अरे वही, इलुश्का की, सौतेली महतारी!

17

चीखा यानोश, "रुको! इसको मैं पीटूँगा।"
और उसे झपट लिया भीमकाय हाथों से;
पर वो चुड़ैल छूट निकली गिरफ़्त से,
और फर्राटे-से, दौड़ गई दूर तक।

18

“धत्तेरे की! अरे दौड़ो, उसे पकड़ो!”
गरजा यानोश एक भीमकाय लड़के पर।
हुक्म तामील हुआ, धर पकड़ा बुढ़िया को,
और उसे हवा में, उछाल दिया ऊपर को।

19

आख़िरी चुड़ैल पाई गई इस हालत में—
बहादुर के गाँव के सिवान पर बेजान!
सभी को हिकारत थी, नफ़रत थी, उससे,
कौवा तक काँव काँव, करने न गया उधर।

20

पूरी तरह रौशन हुआ अँधेरे का देश अब,
चमक उठी धूप नित्य अँधियारे के बदले,
बहादुर यानोश ने जलवा दी भट्टियाँ,
झोंक कर सब झाड़ुओं को कर दिया राख।

21

फिर उसने भीमकाय लोगों से विदा ली,
याद दिला दिया नमक खाया है उन्होंने!
नमक हलाली का वादा उन्होंने किया,
दाहिने बहादुर मुड़ा, बाईं तरफ़ भीमकाय।

बाईस

1

घूमता ही रहा मेरा बहादुर यानोश,
शोक से उबर कर मन स्वस्थ हो चला था अब,
जब देखता अपनी छाती पर वो गुलाब,
अनुभव करता था अब नहीं बचा था विषाद।

2

जड़ा था छाती पर फूल वह गुलाब का,
जिसे तोड़ लाया था इलुश्का की क़ब्र से,
मनोभावना में, मिठास घुल जाती थी,
जब निहारता उस को, डूब जाता उसी में।

3

एक बार इसी तरह चला जा रहा था वो,
डूबने लगा सूरज, साँझ की ललाई छोड़;
वह लाल संध्या भी बिला गई दुनिया से,
आया पीछे ढलते चाँद का फीका उजास।

4

यानोश चलता रहा; उतर गया चाँद भी,
तब रुक गया वो अँधेरे में, थका हुआ,

मिट्टी के टीले पर टिका लिया सिर अपना,
ताकि रात भर में थकावट हो जाए दूर।

5

लेटा, और सो भी गया, बिना इस पर ध्यान दिए—
कहीं और नहीं, क़ब्रगाह में लेता था दम!
क़ब्रगाह थी ये, टूटी-फूटी-सी क़ब्रगाह,
लड़ती रहीं कब्रें यहाँ, विनाशक महाकाल से।

6

जब आधी रात की विकट घड़ी आ पहुँची,
एक-एक क़ब्र खोलने लगी मुख अपना,
और शुभ्र चादर में लिपटे पीताभ प्रेत,
क़ब्रों के कंठों से निकल, ऊपर आ गए।

7

लगे नाचने और गाने वे सब, तुरन्त,
उनके पैरों-तले धड़धड़ा उठी ज़मीन,
फिर भी यानोश, अपने सपनों में, नींद में,
जागा नहीं उस नाचने से, या गाने से।

8

तभी एक प्रेत की नज़र पड़ी उस पर,
"आदमी! अरे ज़िन्दा आदमी!" चीखा वो,
"पकड़ लो! ले चलो! कैसा गुस्ताख़ है,
जो यह घुस आया है, हमारे देश में!"

9

और सभी प्रेत फिसलते हुए जा पहुँचे,
और उसे घेर लिया, चारों दिशाओं से,
और हाथ बढ़ाया, तभी मुर्ग़ा बोल उठा,
प्रेत सब हुए ग़ायब, मुर्गे की बाँग से।

10

जागा यानोश भी मुर्गे की बाँग से,
तन-बदन में सर्दी ने भर दी कँपकँपी,
क़ब्रों पर घास तेज़ हवा में लगी हिलने,
पैरों पर खड़ा होकर, वो चल दिया आगे।

तेईस

1

टहल रहा था यानोश पर्वत के शिखर पर,
आती हुई भोर ने प्रकाशित किया उसका मुख।
जो उसने देखा वह सब था मनोहारी,
ठिठक गया देखने को दुनिया चारों तरफ़।

2

भोर का तारा दम तोड़ने ही वाला था,
चमक कम बची थी उस की फीकी किरण में,
हो गया विलीन, जैसे त्वरित उड़े प्रार्थना,
जब उज्ज्वल सूरज चढ़ आया गगन में।

3

सुनहरे रथ पर सवार हुआ वो प्रकाशमान,
सौम्य दृष्टि डाली समतल सागर की लहरों पर,
उसे लगा जैसे वे उनींदी-सी सोयी हों,
अपने भीतर समेट सारी अनंतता।

4

चंचल न था सागर मगर समतल-सी पीठ पर,
उछल कूद करने लगती थीं मछलियाँ जब-तब,

सूर्य किरण छूती जब उन का परतदार बदन,
चमचमा उठतीं वे हीरे की दमक से।

5

मछुवारे की कुटिया खड़ी थी समुद्र-तट,
बूढ़ा मछुवारा, दाढ़ी लटक रही घुटनों तक,
वह पानी में जाल फेकने ही वाला था,
तभी पास जाकर पूछा यानोश बहादुर ने :

6

“बूढ़े बाबा! मैं करूँ एक अर्ज़ आप से,
पहुँचा देंगे क्या आप मुझको समुद्र-पार?

पैसे ख़ुशी से देता, मगर नहीं हैं पैसे,
मुफ़्त ही कर दें बहुत आभार मानूँगा।"

7

"बेटा! अगर हो तब भी पैसा न लेता मैं,"
सौम्य मृदु जवाब दिया उस नेक बूढ़े ने,
"सागर की गहराई पैदा कर देती है,
थोड़ा-सा वह जो मुझे चाहिए जीने को।

8

मगर तुम कैसे आ निकले यहाँ पर,
पता है यह सात-समुंदर-पार सागर है?
इसलिए किसी भी दाम पर न ले जा सकता,
इस सागर की न चौड़ाई ना लम्बाई!"

9

"सात-समुंदर-पार वाला?" चीखा यानोश,
"और भी अच्छा! मुझे है बड़ी जिज्ञासा;
पर मैं जाऊँगा पार, जहाँ कहीं जा पहुँचूँ।
तरीक़ा बचा है एक और, बजा दूँ सीटी!"

10

सो उसने सीटी बजा दी, जिसके बजते
एक भीमकाय तुरत सामने आ खड़ा हुआ,
"क्या तुम इस सागर के पार निकल सकते हो?"
पूछा यानोश ने, "निकल चलो मेरे साथ।"

11

"पार निकल सकता मैं?" हँस दिया भीमकाय,
"पक्का ही समझें! मेरे काँधे पर बैठ जाएँ!
हाँ ऐसे, अब मेरे बाल पकड़ लें कस कर!"
और यह कहते-कहते हो गया रवाना वो।

चौबीस

1

महाकाय ले चला यानोश बहादुर को,
लम्बी टाँगें आधे मील के क़दम भरतीं,
तीन हफ़्ते ढोया ताबड़तोड़ रफ़्तार से,
फिर भी न मिलता था दूसरा किनारा।

2

एकाएक दूर नीले कोहरे के भीतर से,
यानोश को कोई चीज़ दिखाई दी,
"अरे वहीं तो है तट!" हुलस कर बोला वो,
"वह तो महज़ टापू है," उत्तर दिया वाहक ने।

3

पूछा यानोश ने, "कैसा है टापू ये?"
"परियों का देश है, सुना होगा आपने,
परियों का देश जहाँ दुनिया का अंत है,
उसके आगे सागर शून्य में खो जाता है।"

4

"ले चलो वहाँ मुझको, मेरे भले सहचर,
क्योंकि मैं ख़ुद चाहता हूँ उसे देखना।"
"ले जा सकता हूँ," महाकाय ने जवाब दिया,
"लेकिन वहाँ आपको जान का जोखिम है।

5

घुसना वहाँ कुछ आसान काम नहीं है,
फ़ाटक पर पहरे पर दानव डरावने।"
"उसकी चिन्ता मत कर, बस मुझे लेकर चल,
भीतर जा सकूँगा या नहीं, पता तभी लगेगा।"

6

भीमकाय को आज्ञापालन दिलाया याद,
तब फिर कोई आपत्ति की नहीं उसने,
पर उसको ले जाकर, तट पर ही छोड़ दिया,
और फिर वापस चल दिया अपनी राह।

पच्चीस

1

परी-देश के पहले फ़ाटक पर पहरे पर
आधा गज़ पंजे वाले रीछ तीन थे।
लेकिन यानोश के हाथों में पड़ते ही
मौत में मिल कर तीनों रीछ हो गए एक।

2

"आज यही काफ़ी है," सोचा यानोश ने,
बैठा सुस्ताने इस मशक़्क़त के बाद।
"लूँगा विश्राम कुछ आज बस यहीं पर,
चलूँगा कल फिर अगले फ़ाटक की ओर।"

3

और जो सोचा था, वैसा ही किया उसने,
अगले दिन पहुँचा वह दूसरे फ़ाटक पर।
पर यहाँ इन्तज़ार में था कठिनतर काम,
यहाँ पहरेदार थे तीन ख़ूख़्वार शेर!

4

कस कर कमर, टूटा वह वहशी शेरों पर,
तलवार चमका कर, कर दिया प्रहार।

करते रहे बचाव वे अपना बुरी तरह,
फिर भी दम टूट ही गया उन तीनों का।

5

जोश भर उठा उसमें, अपनी इस जीत पर,
इसलिए नहीं किया आराम कल जैसा।
पोंछ कर गाढ़ा पसीना बदन से,
रख दिया क़दम, तीसरे फ़ाटक के क़रीब।

6

बचा ले भगवान! कैसा ख़ौफ़नाक संतरी है!
देखते ही जिसे, ख़ून बर्फ़-सा जम जाए।
खड़ा है यहाँ ड्रैगन-नाग इस फ़ाटक पर,
निगल जाए छह-छह बैल, इतना बड़ा है मुँह!

7

यानोश ने लेकिन हिम्मत नहीं हारी,
चतुराई कम न थी उस के दिमाग़ में।
देखा कि काम नहीं चलेगा तलवार से
खोजना होगा और तरीक़ा प्रवेश का।

8

ड्रैगन-नाग ने खोला अपना विकराल मुख,
ताकि चीर दे फ़ौरन बहादुर यानोश को।
पर वह क्या करता है ऐसे हालात में?
उछल कर ड्रैगन के मुँह में घुस जाता है!

9

ड्रैगन की छाती में दिल को तलाश किया,
पाते ही घोंप दिया लोहा तलवार का।
लुढ़क गया ड्रैगन तमाम अंग फैला कर,
ज़ोर से कराह कर उसने दम तोड़ दिया।

10

तकलीफ़ें कम नहीं हुई थीं यानोश की,
ड्रैगन के पहलू में बनाना पड़ा सुराख।
अंत में लिया बरमा, रेंग कर निकल आया,
फ़ाटक खोला तो देखा मनमोहक परी-देश!

छब्बीस

1

परियों के देश में भनक भी न थी जाड़ों की,
हरदम रहा करते वे वसंत की बहारों में।
ना होता सूर्य उदय, ना होता सूर्य अस्त,
नित्य ही क्रीड़ा करती लालिमा प्रभात की।

2

वहाँ पर परीज़ादे, और परीज़ादियाँ,
मृत्यु को जाने बिना, रहते आनन्द से।

न तो खाद्य की, ना ही पेय की ज़रूरत है,
जीवित हैं वे प्यार के मीठे चुंबन पर।

3

दुख नहीं रुलाता वहाँ, लेकिन परम सुख से,
आँसू ढरक आते अक्सर, परियों की आँख में।
ये ही आँसू धरती में गहरे रिस कर,
हीरा बन कर उस के गर्भ से निकलते हैं।

4

सोन-परी गोरी, अपने पीले बालों को,
धरती के नीचे से खींचती हैं एक-एक।
ये धागे बन जाते हैं धातु सोने की,
ख़ज़ानों के खोजी कुछ कम ख़ुश नहीं होते।

5

परीज़ादे वहाँ कातते रहते इन्द्रधनुष,
परीज़ादियों की निगाहों की किरणों से,
जब कात लेते वे लम्बा-सा इन्द्रधनुष,
उससे सजा देते मेघमय आसमान।

6

परियों के पास हैं फूलों के सोफ़े,
लेटे रहते वे सब उन पर आनन्द से।
ख़ुशबू-भरी धीमी-धीमी बयारें
थपकी दे-दे कर सुला देतीं सोफ़ों पर।

7

और जो दुनिया वे देखते हैं सपनों में,
उसी दुनिया की छाया है ये परी-देश।
जब पहली बार लिपटते हैं पुरुष-स्त्री,
भर जाता उनमें आनन्द इसी सपने का।

सत्ताईस

1

यानोश ने जब इस देश में प्रवेश किया,
तो जो भी देखा, चकित हो कर देखा।
आँखों में चकाचौंध, रौशनी गुलाबी की,
हिम्मत बाँधी चारों तरफ़ देखने की भी।

2

परीलोक-वासी उसे देख कर नहीं भागे,
बाल-सुलभ चंचलता से उसके पास गए,

कोमलता से दिलकश बातें करते करते,
ले आए उसे द्वीप के बीचों-बीच।

3

देख लिया जब सब बहादुर यानोश ने,
और अंत में मानो सपनों से जागा,
दिल में उतर आई गहरी निराशा,
याद उसे आई अपनी प्यारी इलुश्का।

4

"आह! प्रेम से भरे, पूरे, इस देश में,
रहना होगा क्या मुझे एकाकी अकेले,
जहाँ कहीं देखूँ मैं हर किसी भी चीज़ को,
मेरे ही दिल में नहीं बची अब ख़ुशी कोई।"

5

परी देश के बीचों-बीच एक पोखर है,
गुमसुम यानोश जा पहुँचा उस के तट पर,
उगा था जो फूल उसकी प्रेमिका की क़ब्र पर,
छाती से उसको उखाड़ कर बोला वह :

6

"तू मेरा ख़ज़ाना! मेरी प्रिया की राख,
राह दिखा, चलूँगा मैं तेरे पीछे-पीछे!"
और वह गुलाब फेंक दिया पोखर-झाग में,
उसके पीछे जाने में पल भर देर हुई।

7

पर चमत्कारों का चमत्कार! क्या देखा!
वह गुलाब बदल गया उस की इलुश्का में!
दीवाने की तरह दौड़ा वह झाग में,
और पुनः जीवित हुई लड़की को मुक्त किया।

8

जीवन-जल था ये यहाँ पोखर का पानी,
जहाँ भी टपकता यह पुनः जिला देता।
उगा था इलुश्का की राख से वह गुलाब,
इस तरह किया गया उस को पुनः जीवित।

9

वर्णन कर सकता हूँ सब बड़ी सजधज से,
पर न छू पाऊँगा मनोदशा बहादुर की।
उसने जब पानी से निकाला इलुश्का को,
चिर-पिपासु ओठों पर जल उठा प्रथम चुंबन।

10

कितनी सुन्दर थी इलुश्का! परीज़ादियाँ
मुदित-नयन उसको निहार रहीं वे सब,
चुन लिया उन्होंने उसको अपनी रानी,
यानोश को राजा चुना परीज़ादों ने।

11

परी वंश की उस मनोहर मंडली में,
और अपनी इलुश्का की प्रेममयी गोद में,
आज भी महामहिम यानोश बहादुर
रम्य परी-देश का प्रसन्न महाराजा है।

शान्दोर पैतोफ़ी

प्रमुख ऐतिहासिक एवं निजी घटनाएँ

वर्ष 1804	राजशाही हंगरी ऑस्ट्रियाई हब्स्बुर्ग साम्राज्य का हिस्सा बना
वर्ष 1784	हंगरी में जर्मन भाषा के प्रयोग का राज्यादेश जारी
वर्ष 1790	हंगारी भाषा में सुधार का आन्दोलन शुरू
वर्ष 1802	हंगारी राष्ट्रीय संग्रहालय की स्थापना
वर्ष 1823	*औरोरा* पत्रिका की स्थापना
वर्ष 1822/23	पैतोफ़ी—मूल नाम अलेक्ज़ाँदेर पैत्रोविच—का जन्म (मूल स्लोवाक-सर्ब)
वर्ष 1825	हंगारी विज्ञान अकादेमी की स्थापना
वर्ष 1825	मिहाइ वोरोश्मॉर्ती प्रमुख राष्ट्रीय कवि की *ज़ालान की उड़ान* प्रकाशित
वर्ष 1828	कैच्कैमेत में पैतोफ़ी की शिक्षा शुरू
वर्ष 1830-48	"सुधार युग"
वर्ष 1838	*ऑथेनैउम* पत्रिका आरम्भ
वर्ष 1838	दूनॉ नदी में भीषण बाढ़/पैतोफ़ी परिवार का व्यवसाय दिवालिया हुआ
वर्ष 1839	पैतोफ़ी सेना में भर्ती
वर्ष 1841	पैतोफ़ी पापॉ शहर में पुनः स्कूल में
वर्ष 1842	पैतोफ़ी नाम से *ऑथेनैउम* पत्रिका में पहली रचना छपी
वर्ष 1842	घुमन्तू अभिनेता के रूप में भ्रमण
वर्ष 1844	दैब्रैत्सैन से पैदल पैश्त नगर तक यात्रा—वोरोश्मॉर्ती एवं बॉयज़ॉ से भेंट के लिए
वर्ष 1844	*पैश्ती दिवॉत* पत्रिका में नौकरी
वर्ष 1844	*गाँव का हथौड़ा* छपी
वर्ष 1844-45	*यानोश बहादुर* छपी
वर्ष 1846	*बदलियाँ* छपी

वर्ष 1846	“दस का समाज” गठित
वर्ष 1846	पैतोफ़ी की यूलिऑ सैन्द्रैई से मुलाक़ात
वर्ष 1847	यानोश आरन्य का महाकाव्य *तोल्दी* प्रकाशित/आरन्य पैतोफ़ी के गहरे दोस्त और हंगरी के राष्ट्रीय कवि थे।
वर्ष 1847 सितम्बर	शान्दोर और यूलिऑ की शादी
वर्ष 1847 अक्टूबर	पैश्त नगर में निवास शुरू
वर्ष 1848	यूरोप के अनेक देशों में क्रान्तियाँ
15.03.1848	हंगरी के पैश्त नगर में क्रान्ति
23.04.1848	बॉथियान्यी सरकार स्थापित
मई 1848	होनवेद (वतन रक्षक) सेना गठित
जून 1848	पैतोफ़ी संसद सदस्य नहीं चुने गए
ग्रीष्म 1848	कविता “देवदूत” प्रकाशित
सितम्बर 1848	क्रोएशिया के प्रिंस यैल्लॉशिच ने हंगरी पर क़ब्ज़ा किया
मई 1849	दैब्रैत्सैन में कोशुत सैमैरै सरकार गठित
मई 1849	बुदॉ नगर पर पुनः अधिकार
अगस्त 1849	कोशुत से सुलह कर सत्ता में आया गोर्गैई
जुलाई 1849	रणभूमि में पैतोफ़ी की मृत्यु
अगस्त 1849	विलागोश संधि पर गोर्गैई के हस्ताक्षर

अनुवादक एवं सम्पादक

* **मारिया नेज्यैशी** 2019 तक बुदॉपैश्त के ओत्वोश लोरान्द विश्वविद्यालय में भारतीय अध्ययन विभाग की अध्यक्ष रहीं। प्रोफ़ेसर नेज्यैशी ने तुलसीदास और प्रेमचन्द जैसे रचनाकारों के साथ-साथ हिन्दी के अनेक रचनाकारों पर भी लेखन किया है। वे रूसी, लैटिन, प्राचीन ग्रीक, संस्कृत तथा अंग्रेज़ी भाषाओं की विदुषी हैं। उन्होंने कई ग्रंथों और शोधपत्रों का लेखन-सम्पादन-संयोजन किया है। फिलहाल बुदॉपैश्त में रहते हुए अनेक वैश्विक संस्थाओं एवं कार्यक्रमों में सक्रिय हैं।
* **मारगित कोवैश** 1983 से दिल्ली विश्वविद्यालय में हंगेरियन भाषा की विज़िटिंग लेक्चरर हैं। वे साहित्य के तुलनात्मक एवं समाजशास्त्रीय अध्ययन में विशेष रुचि रखती हैं। 2001 में उन्होंने बीसवीं सदी की हंगेरियन कहानियों का संचयन 'अभिनेता की मृत्यु' सम्पादित किया। 2008 में गिरधर राठी के साथ 'दस आधुनिक हंगारी कवि' तथा 'गेज़ा बबुआ' (नाटक एवं कविता), 'गांधी की मृत्यु' (नाटक) आदि का अनुवाद प्रकाशित हुआ। वे लेखन में लगातार सक्रिय हैं। अनेक राष्ट्रीय-अन्तर्राष्ट्रीय आयोजनों में उनकी शिरकत रहती है।

  ई-मेल : mkoves@gmail.com
* **गिरधर राठी** के चार कविता-संग्रह, चार-छह समीक्षात्मक निबन्ध-संग्रह, एक यात्रावृत्त तथा देसी-विदेशी कवियों-कथाकारों के हिन्दी व अंग्रेज़ी में अनुवाद प्रकाशित हैं। 'आधुनिक हंगारी कविताएँ' (1983), 'दस आधुनिक हंगारी कवि', 'गेज़ा बबुआ' (2008), 'गांधी की मृत्यु' प्रमुख अनूदित कृतियाँ हैं। हिन्दी कहानियों के अंग्रेज़ी अनुवाद की एक पुस्तक 'Hindi Short Stories : Editor's Choice', 2018 में प्रकाशित हुई है।

  ई-मेल : girdharrathi@gmail.com

चित्रकार

* **नरेन्द्र पाल सिंह** का जन्म सन् 1963 में बिहार में हुआ। कला शिक्षा-दीक्षा के बाद बरसों से दिल्ली में रहते हैं। वे लोकजीवन के प्रामाणिक, रंगारंग और विनोदपूर्ण चित्रण के लिए जाने जाते हैं। उनकी अनेक प्रदर्शनियाँ, वर्कशॉप और कला-शिविर आयोजित हुए हैं। मई-जून 2022 में पटना में उनकी 'पुरवलोकन प्रदर्शनी' आयोजित हुई थी। उन्हें अनेक पुरस्कारों से सम्मानित किया जा चुका है।

✪✪✪